KB066847

이시형의 인생 수업

이시형의
인생 수업

90세 국민 정신과 의사와
내 인생을 만들어준 사람들

지은이 이시형
거든이 박상미

특별한서재

오늘의 나를 만든
사람들

"내가 살아가고 있는 것이 아니다. 나는 살려지고 있다."

세월이 지날수록 이런 생각이 진하게 든다. 내 지난날들을 생각하니 더더구나 이런 생각이 든다.

얼마 전 오종남 교수가 저녁 식사 자리에서 뜬금없이 던진 질문, "공자는 인생훈이 70세가 끝인데 그 이상 살아보질 못했으니 그럴 수밖에 없죠. 그런데 이 박사님은 80세를 넘겼으니 연륜의 때가 더 묻은 인생훈을 발표하셔야죠."

그때 서슴없이 내 입에서 나온 말이 바로 사은謝恩이다. 마치 내가 오랫동안 생각하고 기다리기나 한 듯 바로 내뱉은 말이다. 돌아오는 길, 곰곰이 생각하니 그건 그렇게 쉽게 나올 수 있는 말이 아니었다. '살아가고 있는 것이 아니다. 세상 모든 만물에 의해 살려지고 있는 것.' 그 은혜에 감사하며 사는 것, 한세월 절이 삭은 말이다.

수많은 사람이 나를 찾아왔고, 거쳐 갔다. 멀리서, 가까이서, 혹은 보이지 않는 사람들까지 나를 지켜봐 준 것이다. 물어보자. 어느 인생길이 평탄하던가. 평탄하다면 그건 인생길이 아니다.
나 역시 예외는 아니었다. 넘어지기도 했다. 바로 일어나야 하는데 한참 꾸물대기도 했다. 이젠 한 걸음도 더 옮길 형편이 아니다, 이대로 영영 주저앉을 수밖에 없다, 그런 마음이 드는 순간 머리 어느 한구석엔가 '무슨 소리?' 경을 치는 소리가 엄하게 들리고 정신이 번쩍 든다. 희뿌연 안개에 갇힌 인생 장막이 순간 맑게 걷히고 길이 열린다. 이것은 짧지 않은 내 인생 여정에 몇 차례나 치른 극적인 의식이다.
인생사에 밀고 밀리며 만난 사람들……, 그들은 어떤 사람들일까? 대단한 사람은 아니다. 우리 이웃에서 흔히 볼 수 있는 사람들. 그러나 내겐 한 명 한 명 잊을 수 없는 참으로 소중한 사람들이다. 이분들이 아니었다면 지금 내 인생은 어떻게 되었을까? 생각할수록 아찔하다. 그러고 보니 내가 살아가고 있는 게 아니라 살려지고 있다는 것이 결코 헛된 생각이 아니다.

나는 뒤늦게야 코로나를 앓게 되었는데, 앓는 동안 할 일이 없으니 죽음 생각도 나고 온갖 지난 일들이 떠올랐다. 지난 이야기가 떠오르다 보니 문득 이걸 기록으로 남기는 것도 좋겠다는 생각이 들었다. 내 기억 창고 구석에 처박혀 있던 일들이나 까맣게 잊고 있던 이야기도 떠올랐다. '그런 일도 있었구나.' 소스라치게 놀라기도 했다.

인생 여정 어느 페이지를 들춰도 고개를 흔들게 되고, 얼굴이 달아오른다……. 드물긴 하지만 때론 자부심 같은 것이 가슴 가득 차오를 때도 있다. 신기하다. 나도 이런 일을 다 했구나. 아파서 드러누웠다가 문득 떠오르는 일들을 긁적이다 보니 웬걸, 옛이야기들이 줄줄이 따라 나온다.

어쩌다 헌 서랍 정리를 하다 보면 온갖 잡것들이 다 들어 있다. 도대체 이것들을 언제 쓰려고 마치 보물인 양 이렇게 귀중히 모셨을까. 그래서 이건 버려야지, 하고 끄집어내면 그냥 버리기엔 또 아깝다. 버리는 것이 참 어려울 때가 있다. 자칫 내 인생을 버리게 되는 수도 있기 때문이다. 하지만 정리를 하기로 마음먹었다.

서랍 안의 잡동사니처럼 내 인생 서랍에도 온갖 잡것들이 다 들어 있다. 90년을 살아온 인생인데 어찌 그리 간단하게 정리될 수 있겠는가. 그래도 내가 사람들과 공유하려면 이것들을 그냥 흩어놓아선 예의가 아닐 것 같다. 대충이나마 정리를 해야 사람들이 읽고 이해하기 쉬울 것 이닌가. 일단 뽑아 나열해 보니 이거야말로 내가 살아온 '인생 수업'이다.

나는 이 책에 나의 이야기를 통해 그간 내가 만난 아주 다양한 사람들과의 사연을 썼다. 이미 이승을 떠난 사람도 있고 지금은 통 만나기 어려운 사람도 있다. 하지만 이들은 언제나 내 곁에 가까이 있다. 그들과의 인연 이야기가 이 책을 읽는 독자들, 그리고 앞으로 나와 함께 인생 수업을 할 사람들에게 도움이 되었으면 한다.

특히 내겐 참으로 잊지 못할 절친 세 사람이 있다. 인생을 준비해야 하는 가장 중요한 시기, 중학교와 고등학교, 대학교를 함께한 절친이다. 이들이 없었다면 오늘의 나는 사뭇 다른 인생을 살고 있을 것이다. 내가 졸저를 이들에게 바치는 사연이다.

'먼저 떠난 유대우, 손두목. 건강하게 이재복.
고맙네. 내 평생 하고 싶은 말이었네. 입 밖에 내진 못했지만…….'

독자 중엔 아직 90세를 못 살아본 사람이 대부분일 것이다. 후회 없는 인생을 살기 위해서 내 인생 글을 훑어보노라면 느끼는 점이 있을 것 같다. 저자처럼 살아선 안 되겠구나, 이걸 미리

깨닫는 것도 멋진 인생을 살아가는 데 큰 도움이 될 것이다.

90년을 잘 살려면 그냥 되는 대로 살아선 안 된다. 인생 계획을 잘 짜야 한다. 젊을 때는 젊다는 그것만으로 가치가 있다. 하지만 고령이 되면 나이가 마이너스로 작용하는 수가 더 많다.

나이를, 연륜을 기회로 만드는 것은 그냥 되는 게 아니다. 일찍부터, 지금부터 준비해야 한다. 나는 40세부터 준비하기를 강력히 권한다. 학창 시절 수험 공부하듯 그렇게 열심히 해야 한다. 젊은 날의 공부는 대체로 커리큘럼이 잘 짜여 있다. 중학교, 고등학교, 대학교……. 그냥 따라만 가도 평균적인 인생이 된다. 하지만 성인이 되면 그런 체계적인 도식이 없다. 그야말로 텅 빈 벌판에 내몰린 신세가 된다.

길 잃은 양은 되지 말자. 인생에 무슨 결론이 있겠느냐만, 90을 살아온 사람의 경험을 풀어 놓았으니 행여 유용한 것이 있어 주워 담을 게 있으면 좋겠다.

2024년 구순을 맞이하며
이시형

2부

인생 수업 9교시

3부

인생 수업 인터뷰

90세 정신과 의사 이시형 박사에게
심리상담학자 박상미 교수가 묻다

"90년 인생을 살아 보니"

1
부

나는 살아가고
있는 것이 아니라
살려지고 있다

내게도 어린 시절이 있었다

황동할매
감나무

　　우리 형은 수줍음이 많고 얌전해서 공부만 하는 모범생이었다. 우리 집은 종손 집이라 손님이 많았다. 그럴 적마다 형은 손님들에게 인사도 하지 않고 달아났다. 난 그 반대였다. 손님이 오면 먼저 나가 손님맞이를 해서 모두 나를 귀엽게 여기고 용돈도 나한테 다 줬다. 우리 할머니는 그게 몹시 못마땅했다. 왜 장손인 형이 아닌, 둘째 놈한테 저럴까. 할머니는 비상수단으로 손님이 오는 날엔 띠를 길게 해서 나를 뒷집 황동할매 감나무에 묶어 놓았다. 그래도 나는 감나무에 묶인 채 주변을 돌아다니며 잘 놀았다고 한다. 울기라도 했다면 엄마가 와서 한

번씩 달래주고 할 텐데 온종일 떨어진 감 홍시나 풀쐐기도 주워 먹고 손님이 갈 때까지 혼자 잘 놀았다고 한다.

그러나 나도 철이 들자 손님이 오시는 날엔 묶이기보다는 일찌감치 집을 나왔다. 온 동네가 한집안 같은 고향 마을이라 동네 아주머니들이 나를 잘 챙겨주셨다.

"아이구, 너희 집에 손님이 오셨나 보다."

고구마 삶은 것도 주고 내가 잠이 들면 조용한 청마루에 눕히고 이불도 덮어 주는 등 잘 보살펴 주셨다. 새벽 일찍 일어나는 나의 버릇은 어쩌면 그때부터 시작된 게 아닐까 하는 생각이 든다.

숙모한테 양자로 가느라 이런 생활도 그리 길지 않았다. 그런 인연 때문일까. 황동할매는 나를 특별한 애정으로 잘 돌봐주셨다고 한다. 우리 할매 몰래 간식거리도 챙겨주고 안아주고 업어주고 정성을 다했다. 어릴 적이라 기억이 가물가물하지만 우리 할매보다 뒷집 황동할매가 진짜 우리 할매라는 생각을 오래 했었던 것으로 어렴풋이 기억난다.

지금도 확실히 기억에 남는 것이 있다. 내가 묶여 있는 동안 황동할매는 나무 밑을 깨끗이 치워 놓았다. 풀쐐기는 쏘이면 몹시 아프고 따갑고 내가 이것저것 주워 먹을까 걱정했기 때문이다.

우리 할매는 "저놈은 풀쐐기도 주워 먹고 하니 저렇게 튼튼하지." 하고 샘을 냈다고 한다. 이것은 내가 우리 할매 돌아가신 후 엄마나 황동할매한테서 들은 이야기들이다.

첫 번째
학예회

    우리 엄마가 학교에 온 적은 딱 두 번 있다. 처음은 내가 초등학교 1학년 때 학예회를 했던 날이고 두 번째는 대학 입시 발표 날 떨어진 줄 알고 집에 들어오지 말라는 말을 전하기 위해서였다.

    학예회 날, 1학년들의 합창 공연이 시작되자 엄마가 앞줄에 앉아 나를 찾았지만 보이지 않았다. 시골 학교라 학생이 몇 안 되는데도 공연이 다 끝날 때까지 내가 나타나지 않자 엄마로서 기분도 좀 상했을 것이다. 엄마는 슬며시 무대 뒤로 돌아가 보다가 담임선생님을 만났다.

"아, 시형이는 목소리가 너무 커서 이번에 독창을 시켜려고 합창 공연에는 빠졌습니다."

그래서 옆을 보니 내가 공연에 나가질 않고 친구들 책보를 지키고 앉아 있었다고 한다. 비록 속이 상했겠지만, 엄마 성격상 그만한 일로 성을 내진 않는다. 목소리가 너무 크다는 이유는 선생님이 엄마에게 미안해서 한 소리고 사실 내 음정, 박자, 리듬이 전혀 합창에 맞지 않았던 것이 결정적 이유였다. 그래서 음악, 미술 시간엔 아예 나를 교실에 들어오지도 못하게 했다. 장난이나 치고 아이들 방해만 하니 넌 나가서 운동장에서 공이나 차라는 것. 내 평생 음악, 미술 시간을 그렇게 보냈다. 믿지 못하겠지만 이건 사실이다. 초등학교 1학년 때부터 선생님께 전해져 담임 선생님들도 묻지도 따지지도 않고 음악 시간엔 날 해방시켜 줬다. 내가 80세가 넘어서 문인화 공부를 하겠다고 사람 여럿을 모은 것도 평생 한이 맺혀서다. 학예회라고 평생 처음 아들 학교에 왔는데 허탕을 치게 된 엄마에겐 지금도 죄송한 마음이 크다. 그러나 내 그림이나 노래가 워낙 엉망이라 어떻게 해볼 수 없었다. 나중에 문인화 전시회를 억지춘향으로 열게 된 사연은 내 책이라면 어딘가에 나온다. 웃지 말기를 부탁드리면서!

한 가지 웃기는 사실을 공개하자면 그래도 그걸 전시회라고 서너 차례 열었고, 그 수익금을 문화원에 기증했는데 총액이 1억 원을 넘어섰다는 것이다.

아버지에게
안겨보다니

삼촌은 일본 유학생이었다. 당시 한국 유학생은
으레 독립운동에 관여했다. 할아버지는 그게 걱정돼 방학 때 삼
촌을 강제 결혼시켰다. 그런데 결혼 첫날밤에 고등계 형사가 삼
촌을 잡아갔다. 불쌍한 숙모는 신랑 얼굴도 제대로 보지 못하고
고향 마을 서당 뒤에 아담한 새집을 지어 시집을 왔다.

새색시를 혼자 둘 수 없어 둘째인 내가 숙모 밑에 기약 없는
양자로 들어갔다. 당시 우리 집도 잘 살았지만, 숙모네 친정은
대구에서 큰 부자였다. 숙모와 함께 외가에 갈 때면 나를 사우디
왕자보다 더 근사하게 차려입혔다. 겨우 초등학교 1학년이었던

난 전교생에게 선망의 대상이었다. 양복에 가죽 구두, 가방까지. 아이들이 내 모습을 구경하러 몰려들었다. 우리 형은 흉내도 못 낼 만큼 나는 아이돌 스타였다. 문제는 내가 그 새 옷을 입고 놀러 나가면 한 시간도 안 돼 옷이 진흙 범벅이 되었다는 것이다. 숙모는 그 꼴을 보자 매질을 했다. 울면서 큰집(진짜 우리 집)으로 가면, 진짜 우리 집에서는 너희 집으로 가라고 쫓아내곤 했다.

그날도 어디로 가야 할지 몰라 골목에서 떨고 있었다. 춥기도 하고 어둠이 밀려오니 무섭기도 했다. 그러나 동네 누구도 숙모가 무서워서 내 편이 되어주지 않았다. 벌벌 떨고 있는데 구두 소리가 내 앞에서 멈췄다. 올려다보니 아버지였다. 순간 달아날 수도 없었다. 아버지는 가방을 내려놓고 나를 안았다. 한마디 말도 없었다. 하지만 내 가슴은 뛰기 시작했다. 그게 내가 아버지에게 안겨본 처음이자 마지막 기억이다.

옛 선비는 어른 앞에서 제 새끼 귀엽다고 안거나 업어주는 것을 삼간다. 아버지는 한참을 나를 안고 있다가 풀어놓았다. 그때까지 한마디 말씀도 없었다. 이제 어디로 가야 하나. 순간 망설였지만, 내 발길은 마음에도 없는 숙모님 댁으로 향하고 있었다.

어른이 된 지금도 그때의 아버지 심경이 어땠을까, 생각할수록 가슴이 아려온다. 나라는 빼앗기고 동생은 일본 감옥에 갇혀 변호사 비용 걱정에, 할아버지는 단발령을 거부해 끝까지 상투를 포기하지 않았다. 그 값으로 아버지는 마음에도 없는 문화재 관리청에 동원되었다.

자식이 숙모한테 매를 맞고 울어도 말 한마디 할 수 없었던 아버지의 심경은 어린 나도 이해할 수 있었다. 한 걸음, 두 걸음 뽕밭을 돌아가면 아버지는 보이지 않게 된다. 돌아보면 아버지는 그 자리에 바위처럼 앉아 계셨다. 어둠 속에 모든 게 희미했지만, 아버지의 흰옷은 점점 또렷해질 뿐 사라지지 않았다.

'아버지, 걱정하지 마세요. 숙모와 잘 지낼게요.'

이건 과장이 아니다. 제법 어른스러운 생각을 한 게 사실이다. 정신과 의사가 되고 내 어릴 적 생각을 하노라면 이렇게 성장한 게 신기하고 대견스럽다. 황동할매 감나무 사건 하며, 숙모한테 매 맞고 울고 지내던 시절을 생각하노라면 나는 상당한 문제아가 됨직하다(정신과 책대로라면). 그런데 그럭저럭 오늘까지 괜찮은 것을 보면 태어나길 건강한 아이로 난 게 아닌가 하는 생각이 든다. 그리고 온 동네 관심 속에 자란 든든한 배경이 나를 지켜준 게 아닌가 하는 생각도 든다.

소지품 검사

초등학교 1학년 때, 우리 집이 있던 고향 마을 지저동은 공항 서쪽 끝이었고 우리 학교는 대구 공항 동쪽 끝에 붙어 있었다.

등교하는 길, 앞에서 긴급한 연락이 왔다. 교문에서 소지품 검사를 한다는 소식이다. 이런, 가슴이 철렁 내려앉는다. 내 주머니에는 일급 금기 품목들이 한가득 들어 있다. 새총, 구슬, 딱지……. 이것들이 발각되는 날엔 전 재산을 몰수당하고 하루아침에 거지가 될 판이다. 순간, 내 기지가 발동했다. 집으로 가자. 뒤뜰 어딘가 깊숙한 곳에 숨겨 둘 수밖에 없다. 헐레벌떡 돌아와

집 뒤 청마루 밑 발판 뒤가 안전할 것 같아 주머니에 든 것들을 다 털어 숨겨 놓고 기어 나왔다. 그런데 이크! 이게 뉘신가? 아버지와 딱 마주쳤다. 교장 선생님보다 더 무서운 아버지. 그러나 이제 어쩔 수 없다. 학교로 달려왔으나 그런 날 수업이 제대로 귀에 들어올 리가 없다. 내 신경은 온통 뒤뜰 청마루 밑에 있었다. 극성스러운 동생들한테 발각되는 날엔 난 끝장이다. 오늘따라 아버지는 그 시각에 서당에도 안 가시고 도대체 왜 거길 계셨을까. 이 생각 저 생각에 다리에 힘이 다 빠졌다.

수업을 마치고 바쁘게 집으로 달려와 뒤뜰의 동정을 살폈다. 응? 발판 뒤에 아침엔 없던 거적때기가 덮여 있다. '동생들이 손을 댔구나.' 조심스레 가마니를 들춰보니 이게 웬일, 내 전 재산이 고스란히 있는 게 아닌가. 후유, 살았다. 그 보물들을 다시 챙겨 주머니에 넣는데, 응? 이상한 일이다. 누가 덮어 놓았을까? 뒤뜰은 사람이 잘 가는 곳도 아닌데……. 생각이 여기까지 미치니 맙소사, 아버지였다. 순간 온몸에 전류가 흘렀다. 아이코, 죽었구나. 그날 오후 내내 일이 손에 잡히지 않았다. 이제나저제나 아버지께서 부르는 소리를 기다리는데 잔뜩 긴장이 된다.

안 하는 공부도 하는 척하고 사랑방 아버지 기색에 온 신경이 곤두섰다. 그런데 웬일인지 아버지께서 부르는 소리가 안 들린다. 잊어버리신 걸까? 저녁 시간이 되어도 밥이 목구멍에 넘어가질 않았다. 그러나 아무 일도 없었다. 아버지는 여느 때처럼 저녁 식사를 마치고 상을 물렸다. 나는 계속 아버지 동태를 살폈는데 내 쪽은 보지도 않으셨다. 그러나 내 걱정은 여기서 끝나지 않았다. 저 거적때기, 누가 덮어두었을까? 아무리 생각해도 아버지밖에 없었다. 이럴 수가. 이것은 분명 동생들 습격에 대비한 응급조치를 대신해 주신 것이다. 어쨌든 그날 일어날 뻔했던 대형 사고는 이로써 끝이 났다.

그러나 이 사건은 이렇게 단순하게 끝날 일이 아니다. 오랜 세월이 흘렀어도 내 눈엔 그 거적때기가 항상 아른거린다. 아버지의 긴급 응원 전략은 두고두고 나에게 많은 생각을 하게 해주었다.

아버지의 말없는 응원을 떠올리면 지금도 내 마음 한구석이 아련해지면서 힘이 난다. 평생을 그랬던 것 같다. 무의식중에도 나는 말없이 나를 지켜주시는 아버지를 실망시키지 않도록 잘 살려고 노력했다.

동네 당나무

　　우리 고향 마을의 모든 행사는 동네 뒤 산어귀에 있는 당나무 아래에서 시작된다. 설날 아침에 각자 집에서, 혹은 가까운 일가는 함께 제사를 모시고 나서 서당 어른들에게 세배를 드리고 나면 마을 청년들은 동네 행사 준비에 바쁘다.

　　설 인사 교례가 대충 끝나면 마을 뒤에 있는 당나무 아래 모인다. 일단 여기서 동제를 열겠다는 예를 드리고 제주가 당나무 아래에서 대나무를 흔들며 강신을 기원한다. 어느 정도 시간이 지나면 대나무를 든 손이 절로 떨리며 강신을 알린다. 마을 수호신이 당나무를 타고 강신하면 그때부터 우리 마을은 신이 지켜주는 평화로운 마을이 된다. 대나무가 제일 앞서가면 그 뒤로 신나는 농악대가 따른다. 북, 꽹과리의 장단에 맞춰 젊은이들이 군무를 춘다. 그다음 남루한 복장을 한 청년이 구경나온 마을 사람들을 놀라게 하기도 하고 아주 짓궂은 장난도 걸어온다.

이쯤 되면 마을 아낙네들을 비롯해 구경꾼들이 골목을 가득 메운다. 집집마다 풍년과 복을 빌어주는 의식이 시작된다. 첫 번째 집에 들어가기 전에 농악대원들이 소리를 맞춰 우리가 왔음을 집주인에게 알린다.

"주인, 주인 물리소, 나간 사람 들어간다."

대문에서 한바탕 놀고 집 마당으로 들어선다. 그때부터 참 신나는 농악이 연주된다.

"이 집의 논밭에 비나 많이 내려주소."

"아, 그 집 좋다! 나무아미타불."

복을 빌어주는 기원을 하면 주인장은 자기 사는 형편에 맞게 공물을 내놓는데 이렇게 모인 돈이 마을의 1년 경비에 쓰인다. 읊어대는 농가 〈월령가〉는 들을수록 기분이 좋고 모두가 큰 복을 나눠 받은 것 같다.

"앞집에도 오백 석, 뒷집에도 오백 석."

우리 경상도는 산비탈에 논밭을 일구어 사는 형편이라 대부분 가난하다. 그래서 겨우 비는 게 오백 석이다. 하긴, 이 정도 농사만 지어도 마을에서 갑부 소리 듣고 산다.

전라도는 워낙 들이 넓어 언젠가 마을 동제에 참석했을 때 보니 규모가 우리와는 아주 달랐다. "앞집에도 오만 석, 뒷집에도 오만 석." 오만 석씩이다.

행사가 끝날쯤엔 "동해 바다 용왕님요, 황해물을 당기소."라고 노래한다. 전라도는 반대다. "황해 바다 용왕님요, 동해물을 당기소." 그때는 농사가 잘되려면 물이 풍부해야 했다. 노래가 끝날쯤엔 "아, 그 집 좋다! 나무아미타불."이라고 외치고 다음 집으로 향한다.

참 신기하게도 미국 인디언 촌에도 우리와 꼭 닮은 의식이 있다. 우리는 헌 거적때기를 입고 아주 천한 역할을 하지만 인디언 촌에선 그 사람을 '헤요카heyoka'라고 부른다. 그리고 마을에서 신적인 존재로 존경을 받는다. 우리도 아마 비슷하게 출발했지만, 세월이 흐르면서 약간 달라진 게 아닌가 싶다.

이렇게 신나는 행사도 했지만 동네 뒷마을 수호신 역할을 하는 당나무는 사람들이 잘 가는 곳이 아니었다. 바로 그 옆에 장례식에 쓰는 상엿집이 있어서 동네 아이들조차도 잘 가지 않는 음산한 곳이다. 그러나 학교 갈 때만큼은 그쪽이 지름길이라 자주 가게 된다. 그 나무 아래를 지날 때는 숨을 쉬면 안 된다. 자칫 전염병에 옮을 수 있다고 믿고 있었기 때문이다.

그리고 밤에 마을 더벅머리 아이들이 모여 간 담력 시합을 하기도 한다. 혼자서 그 상엿집에 가서 증거물을 하나 들고 와야 하는 것이다. 난 아예 시도할 생각도 못 한다. 한 번도 해본 적이 없다. 우리 앞집의 아저씨는 간이 커서 상엿집에 가서 귀신과 대화도 나누고 온다. 무슨 이야길 했냐고 물었더니 다음 우리 마을에서 상여 탈 사람이 누구냐고 물었는데 손으로 저 마을 뒤끝을 가리켰다고 한다.

앞집 작은형네는 딸 여섯에 아들이 하나다. 참 귀한 아들이다. 우리 집과는 정반대다. 우리는 아들 여섯에 딸 하나다. 작은형이 밤에 상엿집에 다녀왔다는 이야기와 함께 귀신과 대화했다고 하니 그 집 아주머니가 기절했다. 그리고 학교 갈 때는 당나무 앞을 아예 못 가게 하고 정미소까지 업고 갔다. 너무 과보호했을까, 앞집 작은형은 고등학교도 채 졸업도 못 하고 상여를 타는 신세가 되었다.

달나라보다
먼 여정

　　왜놈 형사에게 잡혀간 삼촌이 기적적으로 풀려났다. 온 동네에 경사가 났다. 그러나 누구보다 신난 녀석은 양자로 잡혀갔던 나였다. 그제야 집으로 돌아올 수 있었다.

　　집으로 원대 복귀를 하자마자 아버지가 울릉도 군청에서 문경으로 전근 발령이 났다. 문경은 지금도 이름난 오지로 유명하지만, 그때는 지금보다 더 심했다. 원대 복귀는 좋았는데, 문경은 정말 첩첩산중이라 고향 마을이 그리웠다.

　　방학이 되자 난 고향으로 보내달라고 아버지 몰래 엄마를 졸랐다. 엄마가 들어줄 리가 없다. 그러던 어느 날 아침 아버지가 "짐 챙겨라."라고 하시지 않는가. 군청 직원이 점촌(지금의 문경)까지 동행, 거기서 동촌까지 기차표를 끊어 나를 기차에 실어 줬다. 복잡한 여정이다. 점촌에서 내려 기차에 올라 일단 김천까지 갔다. 가슴에는 기차표를 달고 주머니엔 역에서 챙겨주신 삶은 밤이 가득했다. 다시 김천에서 내려 다음 기차로 대구까지 갔다. 거기서 대구선 기차로 다시 갈아타고 동촌까지 왔다.

기차는 바꿔 탈 때마다 여객 전무의 엄중한 감시 하에 낯선 기차역 사무실에서 다음 차를 기다려야 했다. 드디어 동촌! 와, 역에 도착하자 고향 아저씨들이 날 기다리고 있었다. 나는 마치 개선장군처럼 도도했다. 깜깜 새벽에 문경에서 출발해 몇 번이나 기차를 갈아탔는지 어느덧 긴 여름 해가 저물고 있었다. 아저씨들이 기차에서 내리는 나를 안고 헹가래를 치면서 "이시형 만세!"를 불렀다. 긴 여정은 아직 끝나지 않았다. 역에서 우리 고향 마을까지 비행장을 반 바퀴는 돌아 아직도 10리는 남았다. 이렇게 멀고 복잡한 여정을 초등학생 1학년짜리가 무사히 마치다니. 고향에 보내달라고 졸라도 엄마가 대답도 하지 않고 시큰둥한 반응을 보인 사연이 이해가 간다. 내게 어디서 그런 용기가 솟아났는지 생각할수록 신기한 일이다.

이 사건은 두고두고 나에게 큰 용기를 준 성공 사례로 남아 있다. 한 번도 가보지 않은 길에 대한 도전, 내 인생의 첫 번째 모험이었다. 솔직히 많이 무섭고 조마조마했다. 겁도 없이 나선 그런 용기가 어디서 났는지 생각할수록 신기하다. 내 생애를 돌아보면 턱 없이 분에 넘치는 짓도 많이 한 것 같은데 이 모두 같은 맥락이 아닌가 싶다.

궁둥이 큰
가시나 사건

우리 이웃엔 정말 꽃보다 예쁜 여학생이 있었다. 난 이 아이를 은근히 좋아했다. 아마 짝사랑하고 있었던 것 같다. 어느 날 저녁, 모처럼 다 같이 게임을 하는데 이 아이가 뒤로 넘어지는 소리가 쿵 하고 크게 났다. 바로 옆에서 지켜보던 내 거친 입이 조용히 있을 리가 없다.

"가시나, 궁둥이는 어지간히 크다."

거의 반사적으로 내 입에서 나온 말이다. 내 속마음을 그대로 이야기하자면 나로선 사랑의 고백이었다.

그런데 이게 문제가 되었다. 다음 날부터 온 동네 애들이 이 별명을 부르며 여자아이를 놀리기 시작했다. 사실 이 별명은 어린 소녀로선 참을 수 없는 치욕적인 것이었다. 난 은근히 속이 켕기기 시작했다. 이 사건이 이렇게 커질 줄 몰랐다. 난 그 아이한테 진심으로 미안함을 느꼈다. 그러나 또 한편, 언젠가 이 문제가 폭발하여 엄청난 사건으로 번지지나 않을까 은근히 겁도 났다.

내 기우는 정확하게 들어맞았다. 아니나 다를까, 일요일 아침, 엄마 손에 이끌려 모녀가 우리 집에 나타났다. 여자아이는 돌아가겠다고 울고 엄마는 화가 치미는 듯 "네가 얘 궁둥이 봤나?" 아이 치마를 들추며 나를 다그쳤다.

난 할 말이 없었다. 그러나 정작 문제는 이 엄마가 아니고 청마루 끝에서 신문을 보는 아버지였다. 언제나처럼 우리 엄마가 죽을죄를 지었다고 사과하고 이 사건도 여기서 일단락되었다.

문제는 아버지. 아버지가 그냥 조용히 넘어갈 리가 없다. 곧 나를 부르실 것 같다. 이쪽 방에서 공부하는 척 아버지 눈치만 보고 있는데, 뜻밖에도 문제는 아버지가 아니고 엄마였다. 이럴 수가. 아! 우리 엄마, 마음이 약한 엄마가 아버지를 충동질한다.

"저놈 불러서 혼 좀 내소."

이럴 수가. 엄마가 의리 없이……. 모든 문제가 탄로났으니 난 아버지가 큰소리로 곧 꾸짖을 것이라 생각했다. 조마조마한데 아버지 반응이 참 의외였다.

"쯧쯧, 애들 싸움에……."

이것이 다였다.

후유, 살았다. 다시는 이런 짓을 하지 않으리라. 하지만 그때뿐이지 내 성질에 하루도 조용히 지나가는 날은 없었다. 그래도 난 한 번도 아버지한테 꾸중을 들어본 적이 없었다. 이건 참 이상한 일이었다. 그렇다고 칭찬도 들어본 적도 없다. 더러 그런 일도 하긴 했는데……. 자주는 아니지만 말이다.

망상에 가까운
아버지의 믿음

문경에 살 때 우리 형제에게 힘든 일은 장작을 패는 것이었다. 결이 고운 놈은 수월하지만 결이 꼬인 놈들은 도끼를 찍어도 안 된다. 그때 나는 초등학교 1학년, 형은 3학년이었다. 덩치로 치면 내가 형보다 컸지만, 도끼를 들 힘도 없었다. 형도 내가 보기엔 아슬아슬했다. 두 꼬마가 땀을 흘리며 낑낑거려도 아버지는 청마루에 앉아 신문만 보셨지 거들 생각은커녕 아예 거들떠보지도 않았다. 저러다 저 어린것들이 다치지 않을까 그런 걱정 정도는 해야 하는 것 아닌가. 내 어린 생각에도 그런 기분인데 아버지는 전혀 그런 기색도 보이지 않았다.

요즘 어쩌다 그때 기억을 떠올리면 아버지가 아동 학대죄로 잡혀갈 수 있겠다는 생각도 든다. 어떻게 저 어린것들에게 그런 위험한 일을 시켜놓고 당신은 편히 신문이나 읽고 있을 수 있는 가. 난 아버지의 그런 배포가 부러운 것이다. 그런 점에서 엄마도 같은 생각인지 부엌일에 쫓겨 아예 내다볼 생각도 안 했다. 그런 일은 으레 머슴애들이 하는 것이라고 아주 당연하게 생각하는 것 같다. 여느 때는 우리에게 힘든 일을 시키면 엄마가 중간에 거들기도 하고 힘든 일은 아예 못 하게 하는데 어쩐 일인지 장작을 패는 위험한 일은 전적으로 우리에게 맡겼다.

그러니 아무런 불평도 못 하고 순순히 장작을 팰 수밖에 없었다. 우리 형제들 아니고는 누구도 거들어줄 사람이 없다는 것을 우리는 너무 잘 알았기 때문이다. 형은 비록 덩치는 크지 않아도 도끼를 찍는 기술이나 나무를 다루는 기술이 확실히 나보다 한 수 위다. 나는 엄살도 떨면서 힘든 척 연기도 했지만, 형은 모든 일에 진지하다. 아버지는 우리 형제를 완전히 믿고 있었다. 무엇이 아버지에게 그런 믿음을 주었는지는 몰라도 장작 패는 일만큼은 전적으로 우리 책임이다. 온종일 두 놈이 땀 흘리며 낑낑거려도 아버지에게 칭찬은커녕 격려 한 마디 들을 수 없었다.

그날 오후는 또 장작이 들어왔다. 좁은 마당이라 한마당이다. 아이들이 장작에 가려 보이지도 않는다. 오후에 아버지가 외출하시는데 장작 때문에 나갈 수가 없다.

"길부터 좀 터야지."

그게 그날 온종일 아버지가 우리에게 한 말의 전부다. 참 대단한 아버지다. 형이 장작더미를 헤쳐 아버지 갈 길을 만들었다.

요즘 정신과적 진단으로는 아동 학대죄에 해당한다. 그런 가정에서 자라 문제아는커녕 반항 한마디 없이 잘 자라준 내가 기특하고 고맙다.

일본 헌병의
선물

     만주에 파견 갔던 일본 관동군이 본국으로 돌아가고 제2차 세계 대전도 막바지로 치닫고 있는 양상이다. 전쟁을 모르는 우리 눈에도 일본군의 패색이 짙어지고 있었다.

     당시 우리는 초등학교 3학년, 한겨울에 양말도 없이 게다짝(나무로 만든 신발)을 끌고 산에 간다. 군마 사료를 위해, 그리고 기름이 모자라 관솔을 채취하고 있었는데 미끄러지는 통에 게다짝 끈이 끊어졌다. 하는 수 없이 게다짝을 주머니에 넣고 한쪽 발로 절뚝 절며 내려왔다.

     그날은 오후에 도시락을 먹고 대포알 먼지를 청소하는 날이었다. 반 아이들을 이끌고 산에서 내려와 간단하게 도시락을 먹고 창고에 들어갔다. 거기서부터는 군부대니까 일본 헌병들이 감시한다. 내가 한쪽 발을 끌고 들어가니 정문을 지키던 헌병이 나를 초소 안으로 불렀다. 맨발로 산에 다녀왔으니 발이 얼어 터지고 사방에 피가 흐른다. 찔러도 피 한 방울 안 난다는 일본 헌병도 할 말을 잊었는지 날 초소 안에 대기시켰다. 아이들이 작업을 다 끝내고 집으로 갈 때까지 난 초소 막사에서 기다렸다.

모두 집으로 돌아간 후, 그 헌병이 헌 구두를 들고 돌아왔다. 발이 부어 피고름이 주르륵 흘렀다. 헌병은 자기도 근무가 끝났는지 날 의료실로 데리고 가 응급 치료를 해줬다. 그러곤 자기가 들고 온 구두를 신겨줬다. 와, 이게 웬일이지? 비록 헌 구두지만 마치 전차에 올라탄 듯 든든했다. 어디서 난 구두인지 전혀 표시가 없었다. 집으로 돌아가려는데 그 헌병이 날 불러 세우더니 헌 양말을 세 켤레나 챙겨줬다. 자세히 보니 그는 군 말단 중의 말단이었다. 계급도 제일 낮았다. 만약 이것을 상사한테 들키기라도 한다면 나나 그 병사나 무슨 변을 당할지도 모른다. 그러나 비록 졸병이라도 헌병이 하는 일이라 일단 안심이 되었다. 그 당시에도 연줄이 괜찮은 아이들 중에는 일본군 헌 구두를 신고 다니는 아이들이 더러 있었지만 잡혀갔단 말은 못 들어봤다.

이튿날도 그를 만나려나 하고 갔는데 다음 날부터 그는 어디로 전출 갔는지 보이지 않았다. 창고 작업이 일주일이나 걸려 끝났지만 끝내 그의 모습은 볼 수 없었다. 난 그때 처음으로 일본 헌병도 사람이구나, 따뜻한 심장이 뛰고 있다는 생각도 들었다. 얼음덩이 같기만 하던 일본 헌병이 처음으로 사람처럼 보였다.

해방되고 일본 패잔병이 긴 행렬을 지어 일본으로 귀환하는데 처음으로 사람 냄새가 났으니 난 그때까지 종전의 의미가 무엇인지 무엇이 어떻게 달라지는지 전혀 알 수 없었다. 한 가지 확실한 것은 한국말을 자유롭게 해도 잡혀가지 않는다는 사실뿐이었다. 학교에서 한글을 배우고 태극기를 그리곤 했지만 그게 무슨 뜻인지, 어렴풋이 짐작만 했을 뿐이다. 독립투사를 두 사람이나 배출한 집안에서 해방의 의미를 아는 수준이 이 정도였다. 아마도 아버지가 철저한 일본 관청의 관리를 받고 있어 생리적으로 한계도 있었으리라. 철이 들면서 들기 시작한 내 의식 세계의 변화다. 대한 독립 만세! 이 구호가 무슨 뜻인지도 모르면서 우린 목청이 터지라고 눈물을 흘리면서 불렀다. 그 소리를 이젠 잘 들을 수 없게 되었다.

운명이
있는 건가?

　　해방 전 우리는 대구 근교 경산에서 살았다. 당시 아버지는 명륜전문학교를 수료하고 군청에서 유교 재산관리 담당을 맡으셨다. 여름 방학답게 그날은 무던히도 더웠다. 아래, 위 동네 축구 시합이 있는 날이다. 아침을 넉넉하게 먹고 모든 준비가 끝날 무렵, 아버지가 나를 부르셨다.

　　"시형아, 너 오늘 하양 면장님한테 다녀오거라."

　　아버지는 심부름을 시킬 때 내 형편을 물어보는 법이 없다. 내일 시험이 있어도 상관하지 않는다. 어차피 공부는 안 하는 놈이니 그렇겠지. 한여름이다. 좀 일찍 이야기라도 할 것이지 해가 중천에 올라 한창 더울 때 심부름이라니. 축구 시합한다고 준비를 다 해놨는데 이게 무슨 날벼락인가. 그러나 아버지 명은 군령보다 무섭다.

벼가 한창 익은 들판엔 늑대가 나오기도 하지만 무서운 건 늑대만이 아니다. 왕복 40리 길이나 되는 거리다. 더구나 축구 시합에 내가 가질 않으면 우리 팀은 전력이 반 이상으로 줄어든다. 질 게 뻔하다. 당시 난 학교 대표 단거리 선수였다. 내 자랑을 좀 하자면 초등학교 4학년 때 100미터 주파 기록이 13초였다. 내가 없으면 시합이 되질 않는다. 늑대도 겁이 났지만 축구 시합을 못 할 것 같은 걱정이 더 컸다.

난 그 넓은 경산 들판을 주력을 다해 달렸다. 숨을 헐떡이며 면장 어른 마당에 들어섰다.

"면장님, 문화재 위원회가 다음 수요일 10시에 열린다고 합니다."

더는 긴 설명을 할 내용도 아니었다. 그러고는 꾸벅 허리를 굽혀 인사도 없이 물도 한 잔 안 마시고 돌아 나왔다. 빠른 걸음으로 달렸지만 경산 들판이 이렇게 넓을 줄 몰랐다. 운동장으로 바로 달려갔지만 결국 2:0으로 지고 말았다. 결승전이니 오후에 하자고 우겼지만 뭔가 우리에게 약점이 있다고 봤는지 상대팀은 예정했던 시간에 진행해 버렸다. 운동장에도 못 가고 마을 앞 느티나무 아래서 그 소식을 듣고 엉엉 울면서 집으로 돌아왔다.

우물가에서 목을 축이고 온몸에 땀범벅이 된 채 마당에서 만난 아버지는 말 한마디 없었다. 특별히 기대도 안 했지만 그래도 엄마의 한마디가 큰 위로가 되었다.

"시형이가 오늘 축구 시합이 있었는데 하양면 심부름 갔다가 오느라 져서 화가 난 겁니다."

아버지가 엄마 말씀을 못 들었을 리 없을 텐데 아무 말 없이 뒤뜰 그늘로 들어갔다. 그래도 엄마는 40리 여름 길을 달려왔단 말은 없었다.

요즘 어려운 가정 문제로 내게 상담을 요청하는 경우가 적지 않다. 찾아오는 입장에선 대단히 어렵고 힘든 경우지만 환자가 돌아간 후, 내 기분은 '그것도 문제라고.' 하는 생각이 반사적으로 들 때가 있다. 요즘 젊은이들이 내 헛소리를 들으면 꼰대 영감이라고 비웃겠지만 말이다.

난 가끔 대중 강연에서 좀 엉뚱한 질문을 받을 때가 있다.

"선생님은 운명이 있다고 생각하십니까? 운명을 믿으시나요?"

그때 내 머리에 언뜻 떠오르는 화제가 이 경산 들판 이야기다. 아버지에게 "오후에 가면 안 될까요?" 정도로 물어볼 수 있지 않았을까? 내가 몇 십 년 후에만 태어났어도 문제가 없었을 것이다. 전화 한 통이면 간단히 해결될 일인걸……. 가난한 어린 시절을 보낸 일들이 연쇄적으로 떠오른다.

그렇지만 난 그때마다 빅터 프랭클Viktor Frankl의 유대인 포로수용소 생활을 떠올린다. 아무렴 거기보다야 낫지 않느냐. 우리가 조금만 더 북쪽에서 태어났다면 어떻게 되었을까?

'환자분, 참 좋은 운명을 타고난 것 아니오?'

그러나 이런 말은 내뱉지 않았다. 그냥 속으로 중얼거릴 뿐이다. 운명이란 게 정말 있는 걸까?

할아버지
단발령 피신 사건

　　단발령은 우리 집에선 큰 사건이었다. 왜놈들이
식민 정책을 펼치면서 한국인에게 단발령을 내렸다. 그땐 양반
은 모두 머리에 상투를 트는 긴 머리를 하고 있었다. 이것을 깎
고 맨머리가 되라는 것이 왜놈들의 추상같은 명령이었다. 많은
유학자가 이것만은 안 된다고 반대했다. 그러다 일본 경찰에 잡
혀가는 날, 머리를 깎이는 건 물론 감방 생활까지 치러야 하는
엄청난 사건이었다.
　　우리 할아버지는 단발령만은 안 된다고 끝까지 고집을 부리
셔서 결국 해방되고 돌아가실 때까지 그 목숨보다 귀한 상투를

머리에 이고 가셨다. 일본 경찰들이 올 때 할아버지는 피하면 그
만이지만 아버지 처신이 참 난감했다. 일본 경찰은 어떻게든 성
균관 출신의 아버지 머리만은 깎으려 했고 우리 집안의 상징인
할아버지에게도 단발령만은 지켜야 한다고 위협했다. 아버지가
유교 재산 관리라는 명목으로 군청에 들어가신 건 할아버지 상
투를 보호하기 위한 비상 방어 수단이었다. 아버지가 해방될 때
까지 군청에 계신 것도 할아버지 상투를 지키기 위해서였다. 아
버지가 군 공무원이 된 이후 일본 경찰들은 아버지 체면을 봐서
할아버지 상투에 대해 큰 말썽을 부리진 않았다. 아버지 몸값으
로 할아버지 목숨보다 더 귀중한 상투를 끝까지 지킬 수 있었다.

조선말로 해도
됩니까

　아침 등굣길. 길에는 우리밖에 없었다. 마음 놓고 한국말로 떠들고 있는데 아뿔싸, 뒤에서 선생님이 따라오고 있는 줄 꿈에도 몰랐다.

　"이놈들! 웬 한국말이냐. 모두 얼음판 녹을 때까지 꿇어앉아!"

　돌아보니 여우 같은 그 안경잡이 여선생이다. 우리는 길가 옆의 도랑으로 들어갔다. 얼음이 너무 두껍게 얼어 언제 녹으려는지 한숨이 절로 나온다. 책보자기를 깔고 앉으니 한결 나은데 그마저도 못 하게 빼앗았다. 핫바지에 얼음이 녹을 때까지라니!

거기서 학교까지는 몇 걸음 안 된다. 뒤따라오는 선생님이 우리를 일으켜 세워 함께 학교로 갔으나 그 여우 선생은 더 이상 보이지 않았다.

그때가 전쟁이 끝나고 있을 즈음이었다. 그러나 누구도 전쟁이 끝날 것이라고 눈치채지 못했다. 바로 다음 날 우리는 해방이 무슨 뜻인지 독립이 뭔지도 모르는 채 만세를 부르고 깃발을 흔들었다. 태극기를, 그리고 한글을 익히고 썼지만 이걸 왜 해야 하는지 모르고 그냥 하라니까 했다. 심지어 일본이 졌다고 막 우는 학생도 있었고 집에 작은 신사 같은 것을 모셔 놓고 일본 승리를 염원했던 집도 한둘이 아니었다.

그래도 초등학교 4학년 정도 되니 선생님이 하시는 말씀이 차츰 무슨 뜻인지 이해되기 시작했다. 독립도 하고 해방도 되어 좋다는데 솔직히 한국의 사회상은 혼란 그 자체였다. 일본군에 의해 강제된 질서가 무너지니 극심한 혼란이 찾아온 것이다. 학교 선생님들도 모두 하루아침에 한국말을 하는 한국 사람이 되었다. 그러나 이질감은 없었다. 우리도 다 그랬으니까.

정말 웃기는 것은 우리 옆 반의 안경잡이 여우 선생이었다. 합반 수업을 하는 큰 느티나무 아래서 여우 선생이 뭐라 이야길 하는데 아이들은 딱히 집중해서 듣고 있지 않았다. 학생 한 명이 손을 든다.

"선생님, 조선말로 해도 됩니까?"

큰 소리로, 조선말로 외쳤다. 아이들이 웃는다. 선생님은 아무런 응대도 하지 않았다. 그리고 다음 날부턴 그 선생님의 얼굴을 볼 수 없었다. 결혼했다는데 그 여우 같은 여자한테 누가 장가를 갔을까? 유독 그 여선생은 정말 싫고 미웠다.

하지만 이건 우리 민족이 겪어내야 할 민족적 아픔이요, 감정이다. 우리는 서로를 용서하지 않으면 안 된다. 용서의 힘이 복수보다 강하다는 것을 몸소 느껴야 한다.

정신과 의사가 된 후 세뇌가 얼마나 무서운지 절실히 느낀다. 정원식 총리가 이북을 다녀와서 특강을 했다. 김일성이 나타나면 이북 사람들은 광적인 환호성을 지른다고. 우린 그러지 않으면 처벌을 받기 때문에 무서워서 그럴 것이라 생각했다. 그런데 정 총리가 본 그들의 광적인 환호는 가짜가 아닌 진심이었다. 우리의 막연한 환상은 버려야 한다. 정 총리가 강조한 말이다.

내가 사회정신의학을 전공하게 된 배경이다. 우리가 통일이 되는 날, 저렇게 세뇌된 이북 사람들을 어떻게 대해야 할 것인지, 그때를 대비해서 사회정신의학을 전공하게 된 것이다.

모자도 날리고
기차도 놓치고

해방되자 무슨 사람들 이동이 그리 많은지 평소에 조용하던 기차가 언제나 초만원이다. 그날은 우리가 이사하는 날이라 좀 조용했으면 좋겠는데 예외가 있을 리 없다. 안고타야 할 어린 동생이 셋이다. 손에 이삿짐을 잔뜩 들고 동생들을 안았다. 기차는 초만원이라 겨우 입구 발판에 발을 얹는 것만으로도 행운이다. 우리는 작전을 단단히 짜서 그대로 행동에 옮긴덕에 기차가 슬슬 움직이기 전에 모두 차에 오를 수 있었다.

문제는 아버지. 어린것들을 모두 챙기고 안도의 한숨을 쉬고 있었는데 그 북새통에 아버지 권위의 상징인 중절모자가 바람에 날아갔다. 기차가 제법 속도가 붙었는데도 아버지는 용기를 내어 뛰어내렸다. 앗, 모자는 벌써 몇 칸 뒤로 날아갔는데 아버지 걸음으로 주울 수 있을까? 역시 무리였다. 아버지가 겨우 모자를 집었을 때는 기차가 제법 빨라진 데다가 손님이 한가득이었다. 아슬아슬, 하지만 아버지와 기차의 경주는 기차의 완승으로 끝났다.

대구역에 내린 우리 가족은 완전히 길 잃은 오리 떼가 되었다. 그나마 대구 길에 익숙한 사람은 삼촌과 형뿐이었다. 하지만 지리가 익숙해도 집 주소를 알아야 집을 찾을 터였다. 둘이 역 근처를 몇 바퀴 배회하더니 고개를 저으며 돌아오는 것으로 보아 쉽게 찾을 수 있을 것 같진 않았다. 누굴 잡고 물어야 할지 참 막연했다. 동생들도 배가 고파 울기 직전이다. 새벽 일찍 아침을 먹은 것이 마지막이었다. 아버지는 지금쯤 어디서 무엇을 하고 계실까. 다음 기차가 있는지 없는지 확실치도 않았다. 아버지가 나타날 때까지 기다리는 것밖에 할 수 있는 것이 없었다. 역 근처 여관도 있겠지만 대식구를 이끌고 여관에 묵으려면 숙박비가 굉장할 것이다. 삼촌이 역전에 나가 찐빵을 사 들고 왔다. 와, 그 맛이 참으로 사람을 살리는 구명정과 같았다. 그러곤 바닥에 앉아 서로 어깨에 기대며 내일 아침 첫차를 기다리는 수밖에 없었다.

이른 가을밤인데도 무슨 바람이 그렇게 찬지 한겨울 바람

같다. 행여나 여기서 또 아버지를 놓치면? 우리는 불침번을 돌아가며 오는 기차마다 출입문을 지켜봤다. 기차도 많고 손님도 많은데 아버지는 행방이 묘연했다. 불침번이라 해봐야 삼촌, 형, 나 이렇게 셋뿐이다. 여기저기 기차가 들어오니 그 문을 다 지켜보기 만만찮다. 무슨 기차가 그렇게 많은지. 눈이 아파 손님 하나 잘 볼 수도 없다. 차츰 날이 밝아왔다. 지금쯤 통근차가 들어올 시간이다. 경부선으로 올 것이다.

아버지의 중절모가 저 앞에 2층 계단으로 내려오고 있었다. 와! 모자도 기차도 모두 날렸지만, 가족은 날리지 못하다니. 그나마 나무아미타불.

네가 언제
집에 붙어 있었냐?

어딜 찾아봐도 그런 집안은 없다. 저러고 어떻게
자녀 교육이 될까? 어린 생각에도 그런 걱정이 들 때도 있다. 사
연인즉슨, 아버지는 일절 나한테 간섭을 안 하셨다. 교육적인 훈
화도 물론 없었다. 다른 형제들한테는 가끔 꾸중도 하고 야단을
치는 소리도 하셨지만, 나한테는 아예 눈길조차 주는 일이 없으
셨다. 칭찬받을 일도 더러 했지만 내 성격상 설치는 일을 많이
해서 아버지 마음에 들지 않을 때가 많았을 텐데도 난 아버지한
테 칭찬도 야단도 맞아본 기억이 없다. 이따금 동생들이 혼나는
것을 보면서 간접적으로나마 교훈이 되었다.

아버지한테 야단맞는 것을 좋아할 아이는 없다. 그 점에서 난 참 걱정이 없었다. 그러나 마음이 편치만은 않았다. 언젠가 내가 평소에 받아야 할 야단을 한 번에 모아 아주 대포알처럼 터뜨리는 것이 아닐까 하는 긴장감. 난 그게 항상 두려웠다. 잘못한 만큼 꾸중을 들으면 그것으로 끝나는 일인데 내겐 그런 것이 없었다. 꾸중이 없으니 계속 긴장 상태다. 아버지와 나 사이에는 터지기 직전의 긴장이 계속되었다.

어른이 된 후에 난 그게 궁금해 엄마에게 슬쩍 물었다.

"엄마, 왜 아버지는 나한테만 야단 한번 치지 않으셨을까요?"

"네가 언제 집에 붙어 있긴 했냐?"

아버지는 내가 마음에 안 들어도 당장 눈앞에 없으니 야단치려고 해도 칠 수 없었다. 그렇게 시간이 흐르면 야단칠 이유도 잊어버린다.

잘한 건지 잘못한 건지는 아이들 스스로가 이미 알고 있다. 야단을 들으면 그때는 아프지만 속은 편하다. 잘못에 대한 벌을 받았으니까. 그리고 보니 잘못함에도 그대로 방치하면 그것대로 형벌일 수 있겠다. 아이는 더 큰 죄를 지었다간 큰일 나겠다고 생각하게 된다. 오히려 더 긴장하고 겁이 난다. 교육적으로 이편이 나을 수도 있다. 아이들 잘못 하나하나 잔소리를 하면 오히려 역효과가 날 수 있다. 이것은 내가 전문의가 되고 난 후에 한 생가이고, 이버지가 나한테 꾸중하시 않으신 건 그런 전략은 아닌 것 같다. 지켜보자는 단순한 생각에서였을까. 나는 그게 항상 궁금했다. 궁둥이 큰 가시나 사건만 해도 보통 듣고 넘어갈 일이 아니다. 그런 걸 "쯧, 아이들 싸움에……." 하고 넘어갔다. 아이들 싸움에 왜 어른이 나서나. 아버지는 그런 아이 엄마가 영 마음에 안 든 것이다. 엄마 전언에 의하면 아버지가 더러 나를 벼르기는 하셨다고 한다.

"이 녀석이."

영 못마땅한 짓을 하고 돌아다닐 적에 아버지가 하시는 말씀이다. 그러나 당장 꾸중 들을 아이가 눈앞에 없으니……. 그러다 그만 넘어간다.

"네가 언제 집에 붙어 있었나?"

그것도 생각해 보니 참 좋은 전략이었던 것 같다. 물론 전략적으로 한 것은 아니다. 들으면 웃을 일이지만 내 사주팔자에 천역성天驛星이 두 개나 들어 있다고 한다. 하나만 들어 있어도 많이 돌아다닐 팔자라는데 둘이나 있으니 돌아다니는 것은 어쩌면 내 천성이 아닌가 싶다.

별명 열전

　　난 별명이 참 많다. 그중에 물론 영광스러운 것도 있지만 정말 창피한 것도 있다. 내 별명을 해석해 보면 내 용모에서 유래한 것이 제일 많고 내가 반에서 혹은 마을에서 하고 다닌 짓거리 때문에 붙은 별명도 있다. 우선 연대별로 떠오르는 별명을 순서대로 나열해 보겠다. 잊힌 것도 많아서 다 적는데도 빠진 것이 많다. 별명만 들어도 어린 시절의 내 모습을 그릴 수 있을 것이다.

　　먼저 내 어릴 적 집에서 불리던 별명은 '번개'다. 동에 번쩍, 서에 번쩍. 금방 여기 있었는데 막상 찾아보면 엉뚱한 곳에 있다. 무당 굿판에서 어슬렁거리더니 연못 나무에 올라가 있다. 도대체 이 아이의 행방에 종적을 잡을 수 없다. 번개는 시집 안 간 우리 고모들이 붙여준 별명이다. 참고로 고모가 네 분인데 아래 세 분은 엄마가 시집온 후에 할머니가 낳은 딸들이고, 셋 다 처녀 같은 엄마 젖을 먹고 자랐다고 한다. 그 아래로는 막내 삼촌이 있다. 그 엄한 시집살이에 엄마는 삼촌을 도련님이라고 불러야 했는데 꼭 아명인 "엽아."라고 불렀다. 이것만으로도 우리 집 분위기가 이해될 것이다.

그다음 동네 친구들이 날 부르는 별명은 '팔랑개비'다. 아이들이 비행기 팔랑개비 같은 걸 만들어 들고 다니면 아주 빠른 비행기를 연상케 되므로 붙은 별명이다. 그리고 마을에 종이 영화가 들어왔는데, 그때는 영화가 없었고 큰 종이에 만화를 이어 붙여 영화처럼 만든 것이었다. 변사가 해설하는데 요즘 배우처럼 변사 인기가 대단했다. 큰 집 담장에 텐트를 높이 둘러치고 입장료를 받았다. 제법 비쌌다. 그때 들어온 영화 중엔 〈타잔〉이 있었는데, 나도 연못가 버드나무를 토끼처럼 뛰어올라 연못으로 뛰어내리는 재주를 부렸으니 자연스레 '타잔'이 내 별명이 되었다.

다음 별명은 '왕자 호동'이었다. 이 역시 종이 영화 덕분이다. 인기리에 상영된 영화인데 난 당시 숙모 댁에 양자 생활을 하고 있었다. 영화 상영 같은 큰 행사가 있으면 숙모님이 날 이리저리 분장해서 내보냈다. 날 구경하러 모인 사람들이 많이 있었는데 그런 소동으로 인해 영화가 끝나자 저절로 내 별명이 되었다. 내 인기는 대단했다. 동네 여자아이들은 숨을 못 쉴 지경으로 내 인기가 절정이었다.

그러나 이런 영광도 그리 오래가지 않았다. 독립운동을 하다 잡혀간 큰삼촌이 풀려나오자 난 집으로 원대 복귀했고 곧바로 문경으로 이사를 했다. 화려한 명성도 사라지고 문경에서 처음 얻은 별명은 '선생'이었다. 그땐 1학년이기도 했지만, 반에서 일본말을 할 줄 아는 아이가 없어서 선생님이 숙제를 내도 알아듣지 못해 모두 나한테 와서 물어보곤 했다. 2학년으로 진급하면서 난 반장으로 선출되었고 별명도 '반장'이 되었다. 내 직책상 이름이지만 아이들은 모두 날 반장이라고 불렀다.

그 당시 또 다른 별명은 한국 1호 조종사인 '안창남 비행사'였다. 이건 정말 영광이다. 그 별명 하나 때문에 제법 으스대기도 했다. 그도 그럴 것이 전 학년을 통틀어 나만큼 빠른 아이가 없었다. 운동장에서 달리기 시합을 하는 날이면 내 인기는 하늘을 찔렀다. 그때 붙은 별명이 참 많았는데 다 기억이 안 난다.

이런 것들은 대체로 영광스러운 별명이고 정말 듣기 싫은 창피한 별명은 내 용모에서 붙은 것들이다. 내 코가 커서 '양코', '코보', '코주부'를 비롯해 '튀기(그땐 아이 노코라 불렀다.)'까지 상당히 오래 불렸던 참 창피한 별명들이다. 그다음 내 일본 이름이 '오이배'여서 이걸 '오요매(새색시)'란 뜻으로 부르는 녀석들도 있었디.

당시 괜찮았던 별명은 '하까세(박사)'라는 별명이었는데 이것은 선생님이 지어주신 영광스러운 별명이다. 야외 수업할 때 선생님은 학생들에게 커다란 나무 둘레를 어떻게 재면 되겠냐고 물었지만, 누구도 대답하지 못했다. 그때 내가 손을 들어 명답을 내놨다.

"새끼줄로 둘레를 재고 이걸 똑바로 땅에 펴서 다시 재면 될 것 같습니다."

그렇게 말해도 아이들은 무슨 말인지 잘 모르는 것 같았지만 선생님은 탄성을 질렀다.

"야, 넌 하까세구나."

여기서 붙은 별명이다.

또 대학을 다닐 때 붙은 별명은 대체로 영광스러운 것들이다. 서양 영화가 슬슬 수입될 때 영화가 아이들에게 미치는 영향은 아주 대단했다. 난 마침 영화관(만경관) 주인 아들과 친해서 공짜로 구경했다. 〈검객 시라노〉, 흑기사 아이반호에 로버트 테일러, 스튜어트 그랜저 등 외국 인기 배우들 별명이 붙었다. 난 지금도 얼굴 모양이 서양 사람을 많이 닮아서 내 미국 친구들은 스페니시-인디안spanish-Indian으로 부르기도 했다. 같이 일하던 간호사 중에 진짜 그런 인종이 있었는데 나와 똑 닮았다.

아, 잊은 게 또 많다. 경산에 있는 우리 뒷집에 이모님이 살

고 계셨는데 내가 그 집 감나무에 올라 연설하므로 '대통령'이
란 별명으로 날 불렀다.

　그만하자. 그 외에 또 뭐가 있을까?

가미카제|神風
특공대

일본 열도의 남역 바닷가에는 '가미카제 특공대' 훈련, 발진 기지가 있다. 나라를 위한다는 명목으로 아까운 일본 청년들에게 비행기로 적의 군함을 향해 자살 공격을 하게 했다. 당시 태평양을 건너 물밀듯 밀려오는 미군 함정과 대적하기에는 일본 전력은 턱없이 약했다. 당해낼 수가 없다. 그래서 일본 함장 한 사람이 생각해 낸 것이 자살 특공대였다. 아까운 젊은이들이 훈련을 마치면 천황이 하사한 술 한 잔 마시고 비행기에 올랐다. 그것이 그의 마지막이었다. 일단 조종석에 타면 안에서 열 수 없게 밖에서 고리를 잠갔다. 타는 순간 그의 운명은 꼼짝없이 정해지는 것이다. 지옥행이다.

애국을 운운하며 모두가 지원한 것처럼 꾸몄지만 사실 거의 강제로 입대시킨 증거가 그들이 마지막 남긴 편지에서도 여실히 드러난다. 그곳 도장에는 젊은이들이 남긴 마지막 유서가 벽면을 가득 메우고 있다. 그걸 읽은 사람이면 국적이 어디건 상관없이 일본의 그 악랄한 전쟁광들의 희생물로 사라진 젊은이의 죽음 앞에 인간적인 눈물을 흘릴 수밖에 없다. 나도 그곳에서 몇 통의 편지를 읽었는데 얼마나 울었던지 앞이 보이지 않았다. 그 편지들을 본 순간 어떻게 인류 역사에 이렇게 잔인한 인간들이 지구상에 존립할 수 있었을까 소름이 끼쳤다. 당시 훈련장에는 마치 엄마 같은 여성이 젊은이의 이야기 상대가 돼주었다. 내일이면 그 비행기를 타야 한다. 누구 하나 나라를 위해 영광스럽게 죽는다는 이야긴 없고 "엄마, 무서워요." 하는 진심 담긴 편지가 가득하다. 이런 편지는 교관들이 골라서 사람들에게 공개하지 못하도록 관리했다. 해방 후에도 이 비밀 조치가 강제되었으나 어느 젊은 소장에 의해 전부 공개되었다. 모두가 무섭다는 내용이다.

내가 더욱 가슴 아팠던 건 그 속에 한국의 젊은이도 있었다는 사실이다. 거의 20명 정도가 약한 나라에 태어난 죄로 자살이 아니라 타살 비행으로 생을 마감했다. 얼마나 억울했을까? 도대체 누굴 위해, 왜 내가 죽어야 하나? 해방 후 이들의 이름이 밝혀지면 우리 동포는 어떤 누명을 씌울까. 역사학자들이 이런 억울한 사연을 풀어 지금이라도 '나라'가 깊이 사죄를 하고 알려야 한다.

그곳을 방문하면서 가슴에 씁쓸한 구석이 있었던 것은 내가 초등학교 4학년 때 '소년 비행단'으로 선발되었던 사연 때문이다. 전쟁이 더 길어져 전황이 급하면 나도 그 비행기를 타야 할 운명이었다. 그런 생각까지 밀려오니까 견딜 수 없었다. 아, 이 잔악무도한 놈들. 지옥에도 이들을 위한 문이 없을 것 같다. 지금도 그때 불렸던 노래가 내 머릿속에 남아 있다. 젊은이의 감성을 자극하는 노래다.

"너와 나는 동기생, 벚꽃이어라. 같은 군 학교의 뜰에 피어났다. 핀 꽃이라면 지는 거야 각오해야 하는 것. 함께 지자. 나라를 위해."

에잇, 나쁜 놈들!

나를 이끌어준 세 친구

통근 기차

중학교 1학년 때 형과 난 잠시 기차 통학을 한 적이 있었다. 말이 통학이지 대구에서 동촌까지 한 정거장이다. 나는 이 통학 길을 잊을 수 없다. 첫 아침 통학 시간, 집이 대구 공항 서쪽에 있어서 기차역까지 가려면 역 방향으로 기차선로를 따라 내려가야 했다. 제때 기차에 타기 위해선 기차가 철교를 건너기 직전 고개를 올라야 한다. 이때가 기회다. 기차가 느리게 갈 수밖에 없는 구간이기 때문이다. 그 틈을 이용해 재빨리 올라타면 시간을 최소 30분 절약할 수 있다. 그러나 놓치면 그다음 기차를 타야 하니 꼼짝없이 지각이다. 하지만 난 한 번도 놓친 적이 없다.

저녁엔 귀경 열차를 타야 한다. 객차가 아니라 화물칸을 이용해야 하는데 출발 시각이 정해져 있지 않다. 해가 지고 어두워지면 화물칸 안은 완전히 난장판이 된다. 그땐 해방 후라 소위 나이 든 아버지 학생이 많았다. 담배질은 예사다. 선배들이 특히 담배를 잘 권했다. 깜깜한 객차 안에서 담배를 피워도 누가 피우는지 알 수 없었다. 내가 한 가지 고약한 짓을 배운 게 바로 중학교 1학년 때부터 담배를 배운 것이다. 나중에 미국에서 의사 일을 할 때 법원에서 보낸 마약 환자를 치료하면서 금연에 성공할 때까지 거의 십수 년 넘게 애연가였다. 쯧쯧, 못된 녀석하곤……. 그러나 일단 끊기로 한 후엔 오늘까지 한 번도 담배를 만져본 적조차 없었다.

통학 시절 이야기는 여기서 끝이 아니다. 세 번쯤 이런 일도 있었다. 기차가 아예 출발하질 않는 것이다. 목도 마르고 배가 고파도 달리 어찌할 방도가 없었다. 역전에 나와 아껴둔 용돈으로 빵을 하나 사 먹고 들어갔는데 웬걸, 그사이 기차가 떠나버렸던 일도 있었다. 그 탓에 우린 밤새 꼼짝없이 역사에서 자고 이튿날 빈 도시락을 들고 학교에 갈 수밖에 없었다. 빈 도시락이라 걸을 때마다 덜그럭하는 소리가 난다.

"아이고, 저놈도 통학생이구나. 배고프겠다."

우리는 이렇게 서로를 위로하며 학교에 갔다. 지금 KTX를 생각하면 만세를 부르고 싶다.

백지 동맹 사건

그때는 대구에 중학교가 몇 되지 않았다. 학생 체육대회가 열리곤 했지만, 우리 학교 아이들은 공부는 잘하지만, 운동은 시원찮았다. 오전에 겨우 무리 지어 응원하다가 점심시간이 지나면 우리 학교 응원석이 텅텅 빈다. 우리 담임선생님은 대수학 담당이었는데 그 모습에 단단히 화가 난 어조로 야단을 쳤다.

"운동을 못하면 응원이라도 잘해야 할 것 아니냐."

다른 학교는 내일 휴교지만 너희들은 내일 시험을 치를 것이라 폭탄선언을 하셨다. 텅 빈 학교에 우리 반 아이들만 꾸역 꾸역 등교했다. 시험지가 우리 앞에 놓였지만, 누구도 쓸 생각이 없었다. 이 무서운 선생 앞에 백지 동맹을 하기로 했으니 간도 크지. 선생님은 그걸 알고도 교단에서 아무 소리 없이 서 계셨다. 교실엔 긴장감이 가득했다. 시간이 흐르고 이제라도 선생님 불호령이 당장 떨어질 것 같았다. 그러자 마음 약한 몇몇 아이들이 답안지를 작성하기 시작했다. 시험 시간이 다 되고 시험지를 제출하자 선생님은 답안지를 쓴 아이들만 불러 교무실로 데리고 갔다. 우리는 그냥 교실에 남았다. 저놈들은 무슨 특별상이라도 받나? 궁금해서 몰래 교무실로 가보니 이게 웬걸. 불려간 아이들이 복도에 모두 꿇어앉아 있는 게 아닌가.

"백지 동맹을 하기로 약속했지?"

"네."

"약속해 놓고 왜 답안지를 썼어? 너희들은 친구를 배반했으니 나라를 배신할 수도 있다. 퇴학 원서를 쓰고 자퇴해라."

아이들은 울면서 잘못했다고 사죄했지만, 선생님은 요지부동이었다. 시간이 지나자 교장 선생님도 나오시고 학부모도 나타나기 시작했다. 가정 교육을 잘못 시켰으니 용서해 달라 사정했지만, 소용없었다. 학생도 학부모도 손발이 닳도록 빌었지만, 선생님 화는 풀리지 않았다. 밀고 당기고 해가 넘어갈 즈음에서야 겨우 풀렸다. 이것이 우리 학교의 교육 신념이었다. 어떤 일이 있어도 의리를 지켜야 했다. 학교에서뿐만 아니다. 골목에서 아이들 싸움이 벌어져도 엄마는 반드시 자기 집 아이들을 꾸짖었다.

우리 골목에서 예외는 그 부잣집 엄마였다. 싸움이 나면 어디서 지켜보고 있었는지 벼락같이 달려와 남의 집 아이를 꾸짖고는 자기 아이를 데리고 집으로 갔다. 그야말로 과잉보호의 전형이었다. 그는 겨우 시원찮은 중학교에 들어가긴 했지만, 퇴학을 당해 집에서 놀더니 우리와도 잘 어울리지 못했다. 그 후 오늘까지 그 아이 소식은 못 듣고 있다. 추운데 그만 놀아라. 한창 게임에 열이 났는데 질 만하면 엄마가 놀이를 중단하며 아이를 데리고 들어갔다. 추워서가 이유다. 우린 합창을 한다.

"안 추워요."

그 엄마가 우리 고함을 들었는지 궁금하다.

부잣집 외아들

내가 다녔던 경북 중고등학교는 한강 이남에선 최고의 명문이란 명성이 있다. 집안 형편도 비교적 괜찮은 아이들이 많이 다녔다. 우리 반에도 부잣집 아이들이 적지 않았다. 언젠가 학교를 마치고 친구 집에 놀러 갔는데 집도 으리으리하고 좋았지만, 그 집에서 내가 정말 놀랐던 것은 청마루에 놓인 사과 쟁반이었다. 보기에도 탐스러운 사과가 큰 쟁반에 가지런히 놓여 있었다. 내 상식으론 이해가 되지 않았다. 우리 집은 열다섯 식구라 설령 사과를 한 박스 풀어놓아도 순식간에 증발해버린다. 난 그 집 사과가 장식용이 아닌가 살며시 만져보고 향도 맡아보았다. 이럴 수가. 가짜가 아니다. 달콤한 사과 향에 정신이 아찔했다. 그런데 저 사과가 어쩌면 저렇게 장식용으로 남아 있을까. 진짜 사과인데…….

갑자기 그 친구 형편이 참 부러웠다. 아버지가 건축 회사를 운영하는 부잣집이었다. 그 친구가 평소에 여유로웠던 이유를 알 것 같았다. 그 친구는 여동생도 없는 외아들이었다. 경쟁 상대가 없으니 급하게 설쳐야 할 이유가 없다. 이런 평화로운 분위기는 우리 집과는 딴판이다. 표현은 안 했지만, 그 친구에 대한 부러움은 상당히 오래 내 머리를 맴돌았다. 그 친구는 나중에 서울 공대 건축과로 진학해 졸업한 후 대형 건축 회사에 취업해 언제나 여유로운 생활을 했다. 내가 이 친구에 대한 선망이 줄어든 건 우리 형제들이 모두 미국에 가고 난 후였다.

우리 이웃에는 은행원 형제 둘이 나란히 살고 있었다. 언제 봐도 참 부러운 형제애가 묻어나는 집안이다. 테니스 복식조로 출전해 입상도 하고 누가 봐도 정말 의좋은 형제다.

"형, 좀 봐줘."

동생의 어리광이다.

"뭘 봐줘? 녀석아, 지난번 내기에도 네가 다 먹었잖아."

난 그런 대화를 나눌 수 있는 형제가 있다는 게 정말 부러웠다. 그제야 형제가 많다는 게 얼마나 축복인지 알았다. 이제는 모두 미국으로 이민을 갔지만, 내 어릴 적 생각이 떠오르면서 그 형제들이 있다는 것이 얼마나 축복인가 되새긴다.

　요즘은 젊은 부부가 아기를 낳지 않아 인구가 줄어들어 몇 년 후면 나라가 문을 닫을지도 모른다는 저출산 문제가 위기로 떠올랐다. 낳아도 겨우 하나, 많아야 둘이다. 요즘 아이들은 다 투고 싸울 일이 없다. 모든 게 차고 넘친다. 더러 다투고 싸움도 해야 나중에 자라 모든 인간관계가 원만해진다. 형제가 많으면 절충하고 용서하고 인간관계 조정 훈련이 절로 된다. 그런 기회가 없으니 인간관계가 메말라 도대체 정이란 것이 없다. 주고받고 하는 게 정인데 그럴 상대가 없는 것이다. 부잣집 외아들을 보면 부럽기보단 걱정이 앞서는 게 요즘 우리 한국 사회의 문제점이다. 둘만 낳아 잘 키우자는 것이 아니고 둘도 더 낳아 잘 키우자.

가을 소풍

       중학교 2학년, 학교에서 김천 직지사로 가을 소풍
을 갔다. 토요일 수업까지 마치고 통근차로 직지사역에 내릴 때
는 한밤중이었다. 거기서 또 10리는 가야 절이다. 당장 배가 고
파 개울가에서 대충 저녁을 해 먹고 잠자리에 들었다. 옆에 누운
녀석이 아주 썩 좋은 정보를 줬다. 절 뒷마당에 가면 맛있는 곶
감이 가득이라는 것. 저녁에 곶감을 배불리 먹고 나니 잠이 절로
왔다. 막 잠이 들었는데 비상이 걸렸다. 빨리 귀가 준비를 하고
마당에 모이라는 것이다. 바쁘게 옷을 입고 마당에 가니 호랑이
체육 선생이 서슬이 퍼렇게 서 있었다.

"이놈들, 너희들이 내년 절에서 쓸 제사용 곶감을 다 먹어 치웠으니 너희들은 여기서 편히 잘 자격이 없다. 즉시 집으로 가라!"

아이고, 죽었구나. 우리는 그만 털썩 주저앉았다. 우리가 한 짓이 있다 보니 뭐라고 변명할 수도 없었다. 그런데 옆에 있던 젊은 스님이 말문을 열었다.

"선생님, 이건 소승들의 잘못입니다. 오늘 어린 학생들이 소풍 오는 줄 알면서 미리 조치를 취하지 못했으니 저희 잘못이죠. 맛있는 곶감을 보고 그냥 지나갈 리가 없지요. 그러니 학생들은 편히 자고 정해진 일과대로 하고 가십시오."

우와 살았다! 너무 감격한 나머지 나는 앞으로 나와 스님 얼굴을 자세히 훑어보았다. 그냥 절에서 만날 만한 스님의 얼굴이었다. 그러나 이분이 참된 스님이라는 생각이 나를 감동의 도가니로 몰아넣었다.

그때까지 난 종교와는 거리가 멀었지만, 그날 이후 틈나는 대로 절에 갔다. 불경도 읽고 참선도 했다. 나중에 정신과 의학 수련할 때 명상 공부도 나름 열심히 한 이유도 그날 밤 스님의 말씀 때문이었다. 내가 미국 유학을 마치고 귀국 후 자주 찾은 곳도 절이었다. 꽤 바쁜 일정에도 난 가을만 되면 특히 김천 직지사를 잊지 않고 찾는다.

늦은 가을 직지사에 갔더니 스님들이 앞마당 높은 감나무에 올라 감을 따고 있었다. 난 옛날 우리 소풍 때 생각이 나서 조용히 주지 스님께 그때 이야기를 말씀드리고 곶감 말릴 때 안 보이는 곳에 잘 보관하십사 하고 경고를 했다.

"걱정하지 마시오. 요즘 젊은이들은 곶감 잘 안 먹습니다. 변비가 걸리니 어쩌니 하면서요. 그리고 쟤네 먹을거리는 한보따리 싸들고 오기 때문에 고작 곶감에 곁눈질하지 않습니다."

그래도 난 지은 죄가 있어서 그날 밤 있었던 이야길 이실직고하고 용서를 빌었다.

"용서랄 것도 없지요. 하지만 그 당시는 텅 빈 광주리를 보는 순간 정말 아찔했을 겁니다. 그걸 참고 용서하는 게 쉽진 않았을 겁니다. 요즘은 중들도 영악해서요."

주지 스님은 목소리를 낮추어 속삭이듯 말했다. 나는 요즘도 가벼운 묵상이나 명상을 할 때면 당시의 젊은 스님이 떠오른다. 그럴 때마다 내 좁은 소견머리가 부끄러워진다. 젊은 스님의 그날 밤 그 한마디가 내 인생사에 잊을 수 없는 큰 교훈이 되어 나를 지켜주고 있다.

천재 망상증의
시작

내가 중학생 때는 국어가 국어, 작문, 문법 세 과목으로 구분되어 있었다. 국어 작문 시간, 시조를 한 수 적으라는 선생님의 지시에 모두 시상에 빠져 있는데 난 글을 쓰기 시작했다. 선생님이 옆에서 지켜보고 계신 줄도 모르고 쭉 써 내려갔다. 다 쓰고 나니 선생님이 종이를 빼앗아 갔다.

"선생님, 그건 아닙니다."

왜냐하면, 내 창작이 아니고 흉내를 낸 모작이었기 때문이다. 선생님이 다 읽고 나더니 다시 쓰라고 말씀하셨다. 수업이 끝나자 나를 교무실로 불러 딱 한 마디 하셨다.

"자넨 천재야. 머리를 좋은 데 써야 하네."

그리고 세월이 흘렀다. 내가 미국 유학을 마치고 모교 교수로 재직했을 때였다. 여름 방학 때 상담 강의 의뢰를 받았다. 상담 선생님들을 위한 특강이었다. 안동여고에서 열렸는데 그날 따라 얼마나 더웠던지 수업이 제대로 되지 않았다. 그래서 농담을 섞어가며 재밌게 수업을 마쳤다. 선생님들이 아주 좋아했다. 큰 박수가 이어지는 가운데 선생님 한 분이 청중을 헤집고 교단 쪽으로 나오셨다. 그 학교 교장 선생님이셨다.

아, 이게 뉘신가. 중학생 때 국어 작문 선생님이시다. 나를 교장실로 안내해 따라갔더니 이미 다른 학교 교장 선생님 몇 분이 계셨다. 선생님은 나를 소개하면서 내가 중학교 때 썼던 그 시조를 읊었다.

"학원에 봄이 드니 이 몸이 이리하다. 대수도 기하도 다 풀기 어렵거늘 하물며 낡은 시조야 지어 무삼하리오."

듣고 있던 나도 깜짝 놀랐다. 아니, 어떻게 그 시조를 기억하고 계실까.

"이게 이 교수가 중학생 때 내 작문 시간에 쓴 시조입니다."

둘러앉은 교장 선생님들도 모두 박수를 쳤다. 나는 다음 강연 일정 때문에 대충 인사를 마치고 떠났다. 선생님이 차까지 오셔서 점심값이라고 봉투를 주신다. 얼떨결에 받아 강연장을 떠났다. 정말 배가 고팠다. 봉투를 열어보니 거금이 들어 있었다.

시골 학교 교장 선생님이 주시기엔 너무 많은 돈이었다. 그리고 쓴 칼럼이 「은사의 떡값」이란 제목으로 신문에 실렸다. 많은 것들을 생각나게 하는 시간이었다. 이젠 망상이었다는 확신이 있지만, 당시 나는 천재 망상증이 자리 잡기 시작할 즈음이었다.

"자넨 천재야."

이 말이 잊히지 않았다.

친구들이 들으면 웃을 이야기지만 이 망상증이 나로 하여금 겁도 없이 일을 저지르게 한 동인이었다. '안 되면 그만이지. 밑져야 본전 아닌가.' 나의 가당찮은 망상이 나로 하여금 성장을 하게 만든 동인이다. 나는 당시 우리나라에서 서울대학교가 이렇게 유명한 대학교인지도 모르는 대구 팔공산골 촌놈이었다. 예일대학교(이름도 처음 들어보는)를 가야겠다는 생각도 하우스보이를 하면서 품은 내 망상 중 하나였다. 그때 예일대학교란 내겐 하늘의 별 따기였다. 더구나 대구 촌놈이? 하지만 그런 망상이 있었기에 그렇게 된 것이다.

지금도 김밥은
싫어

중학교 3학년 가을 소풍 가는 날. 소풍의 필수품, 김밥과 사이다 두 병을 노끈에 묶어 가져가고 여유가 있으면 감자나 고구마, 삶은 달걀도 챙겨 가져간다. 이게 있어야 소풍이 성립된다. 한데 그 준비도 미처 못 한 집도 있다. 그래도 일단 학교는 나와야 한다.

소풍을 못 가는 아이들은 따로 모여 상급반 선생님 인솔로 전매청 견학을 하러 갔다. 둘러보는데 직공들의 손놀림이 어찌나 빠르고 정확한지 감탄을 했다. 담배가 완성품이 되어 쌓이면 여공들이 그걸 통에 넣는 작업이 가장 감탄을 자아냈다. 정확히

스무 개비씩 통에 담는다.

견학이 끝나고 운동장에서 축구를 했다. 열심히 하다가 점심을 먹으러 식당에 집합했다. 그런데 깜짝 놀랄 일이 벌어졌다. 김밥이 놓여 있는 것이 아닌가. 와! 함성과 함께 김밥을 먹는데 담당 선생님은 드시지 않았다.

"선생님, 안 드세요?"

"응, 난 먹었다."

다시 보니 선생님 입술이 바짝 말라 있었다. 안 드신 게 분명했다. 그리고 선생님 눈가에 눈물이 맺혀 있었다. 순간, 나는 김밥이 목에 걸려 넘어가질 않았다. 이걸 부탁하느라 청장님께 굽신거리셨을 선생님 모습이 눈에 선했다. 전매청 직원 점심으로 김밥이 나올 리가 없었다. 우리에겐 특별 대접이었다. 김밥 쌀 형편이 되질 못해 그 가고 싶었던 소풍도 못 간 아이들에 대한 선생님의 배려였다. 난 더 이상 김밥을 먹을 수 없어 밖으로 나와버렸다.

"선생님, 고맙습니다. 점심 잘 먹었습니다."

상급반 선생님이라 난 성함도 잘 모른다. 김밥 쌀 형편이 못 되는 아이들이면 집에 쌀이 없다는 이야기다. 김밥은 보리밥으로 말지 못한다. 소풍인들 얼마나 가고 싶으며 김밥인들 얼마나 먹고 싶겠는가. 그런 학생들을 인솔하고 전매청 견학을 와야 했던 선생님 마음도 무거웠으리라. 그래서 전매청장실에 가서 사정했을 것이다. 전매청인들 당시엔 직원에게 쌀밥을 줄 형편이 아니었을 텐데.

"난 먹었다."라고 대답하신 선생님의 인간적인 면이 나를 억죄었다. 나는 그 후에도 김밥을 시키면 선생님 생각에 잘 먹질 못했다.

선생님과 헤어지고 집으로 돌아오는데 누가 내 어깨를 두드렸다. 돌아보니 그 선생님이시다. 선생님은 나를 끌고 근처 중식당으로 들어갔다.

"짜장면 곱빼기 둘."

묻지도 않고 시킨다. 아! 그 맛이라니. 게 눈 감추듯 먹고 나니 또 한 그릇 더 시킨다. 이번엔 보통으로. 먹는 동안 선생님은 내게 많은 걸 물어봤다. 집은 어디냐, 아버지는 뭘 하시냐, 형제는?

"응, 그렇구나. 이제야 네가 김밥을 못 먹고 일어선 이유를 알겠다. 고맙다. 덕분에 나도 맛있는 짜장면 잘 먹었다."

당시엔 중학교 6학년제라 선생님은 상급반 담임을 맡아 잘 볼 수 없었다. 고맙단 인사도 제대로 못한 채.

D-DAY가
언제일까?

방학이 오면 내겐 큰 고민이 하나 생긴다. 우리 집은 열두 식구에 방이 두 개뿐이다. 그래서 덩치가 큰 삼촌과 형, 나는 청마루 신세다. 여름엔 그럭저럭 괜찮은데 겨울엔 머리맡에 둔 물그릇이 얼어 터진다. 그래도 그것은 참을 수 있었다.

더 큰 고민은 여름 방학이다. 삼촌은 중학교 선생님으로 학교 야구 감독을 맡고 있었다. 여름이면 해변가에 있는 어느 학부모 집을 빌려 거기서 합숙 훈련을 한다. 내가 그걸 탓하려는 것이 아니고, 떠날 때 삼촌은 꼭 형만 데리고 간다. 사실 나를 데리고 가면 모든 면에서 삼촌은 편하다. 공붓벌레 형은 거기서도 책을 놓지 않는다. 나라면 심부름도 명령만 떨어지면 즉각 출동이다. 선수 학생들도 나를 좋아한다. 담배 심부름이라도 걱정 없이 시킬 수 있던 건 나다. 형은 모범생이라, 공부에 지장이 있는 심부름을 시키면 얼굴부터 일그러진다. 여러 모로 보아 적격자는 나다. 그런데도 삼촌은 언제나 형을 데리고 간다.

여름방학이 시작되면 이들이 언제 떠날지를 예측하는 게 내 고민거리다. 이건 마치 스파이 공포 영화 같다. 오늘인가? 내일인가. 나는 마루 한복판에, 삼촌은 왼편, 형은 오른편에서 잔다. 방학만 시작되면 난 이들의 일거수일투족에 신경을 쓰느라 잠도 제대로 자지 못한다. 두 사람이 숙덕거리는 소리, 짐 챙기는 소리라도 들리면 '아! 오늘이구나.' 한다. 나는 그들을 그냥 떠나보낼 아이가 아니다. 비록 몇 번이고 실패하긴 했지만.

어느 해, 모든 정황 분석을 해낸 결론이 '오늘 밤'이다. 난 아예 둘이 잠든 사이 이불을 하나 꺼내 들고 마당으로 나왔다. 새벽까지 끈기 있게 기다렸다. 앗! 그런데 이게 웬일인가. 새벽에 아버지께서 화장실 가는 길에 이불을 덮고 숨어 있던 나를 발견하곤 놀란 표정이다.

"잠이 안 와서 그래?"

아버지가 먼저 말문을 열었다. 이런 일은 좀처럼 일어나지 않는다. 방에 들어가란 소리 같다. 아무 말 않고 청마루 한쪽 구석을 찾아 누웠다. '아이코, 이게 뭐야.' 그길로 빠진 새벽잠에 쉽게 깨지 못했다. 깜짝 놀라 일어나 보니 삼촌과 형은 그대로 있었다. '후유, 안심이다.' 그럼 내일임이 틀림없다. 안심하고 아침 밥상에 둘러앉았는데 뒤에서 근엄한 아버지 목소리가 들렸다.

"시형이도 데리고 가. 애 안 먹인다."

그게 다였다. 삼촌이고 형이고 누구 한마디 찍소리 없었다. 형이 눈을 흘기며 나에게 준비하라 말했고 우린 점심을 먹고 떠났다. 만약 안 자고 기다리다 아버지와 마주치지 않았다면 오늘 밤 완전히 허탕 칠 뻔했다. 일단 집을 떠나면 내 용도는 백 가지도 넘는다. 야구부 형들도 심부름시킬 일이 있으면 나를 찾는다. 내가 그만큼 눈치가 빠르고 재빠르기 때문이다. 그런데 왜 삼촌은 나를 안 데려가려고 그렇게 애를 쓰는지 알 수가 없다. 그건 지금도 풀리지 않는 수수께끼다. 잘 자고 잘 먹고 시키는 일 잘하고, 도대체 내가 못하는 게 뭐가 있다고 나는 떼어놓고 가는 걸까? 그렇다고 내가 말을 잘 안 듣는 것도 아니다.

이런 말 하기 미안하지만, 쓸모를 따진다면 형은 나에 비할 바가 못 된다. 어릴 적 나는 형이 가는 곳이면 어디든 따라다녔다. 형 친구끼리 놀러 가도 난 언제나 슬쩍 끼곤 했다. 형도 나를 데리고 가면 심부름시키고 여러 가지 편리한 점이 많다. 그런데도 형은 나를 떼어 놓고 가려고 했다. 친구들끼리 좀 짙은 농담도 하는데 어린 동생이 있으면 아무래도 신경이 쓰일 것이다. 그 점은 나도 인정한다. 그런데도 난 어릴 적부터 죽어라고 형을 따

라다녔다. 삼촌도 형제 둘 다 데리고 가는 것 자체는 꼭 싫은 것
은 아니다. 그러나 선생이라는 사람이 조카를 둘이나 데리고 간
다는 게 누가 보기에 눈치가 보일 수도 있다. 이것이 대충 내가
해석한 원인이다.

나의 영웅
서종수 형

지금은 축구, 야구의 인기 스타가 완전히 영웅 대접을 받는다. 톱스타들의 연봉은 비슷하게나마도 가늠하지 못할 정도로 천문학적인 대우를 받는다. 그 돈을 언제 어떻게 쓰고 죽으려는지 궁금하다.

현대 스포츠에 이렇게 세계적인 스타들을 배출하는 지구적 축제가 있는가 하면 소규모로 진행되는 각종 스포츠 행사도 있고, 참 다양하다. 우리가 어릴 적엔 씨름판 결승에서 우승하면 부상으로 황소를 받았다. 그럼 온 동네가 시끄럽다. 그런가 하면 동네마다 영웅이 또 있다. 고기를 잘 잡는 사람이다. 여기는 체재를 갖춘 시합은 없고 마을 청년들의 입을 통해서 온갖 거짓말 같은 전설들이 이들을 따라다닌다.

나에게 있어서 스타는 단연 경산 서종수 형이었다. 그는 내 우상이다. 우리 집에 놀러 와도 사실 우리 형 또래라 나보단 우리 형과 친하게 지낼 만도 했지만, 형은 공부만 해서 친구들과 잘 어울리지 않는 성격이었다. 종수 형은 으레 내 친구다.

내가 이 형을 추앙하고 좋아하는 데는 이유가 있다. 그는 물고기 귀신이다. 큰 장마가 난 큰 강에 맨몸으로 뛰어들어 그 미끄러운 메기, 가물치 등 팔뚝만 한 물고기들을 맨손으로 잡아 올린다. 우리는 강가를 따라다니기만 해도 형이 잡아주는 고기로 이미 한 짐이다. 참 신기에 가까운 재주다. 제법 물살도 빠르고 파도가 거센데도 형은 개의치 않았다. 거꾸로 잠수해서 들어가면 한참 걸린다. 응? 무슨 사고라도 났을까 싶을 정도로 물속에 오래 잠수한다. 한 번 잠수하면 나올 줄 몰랐다.

형의 또 다른 재주는 아주 유속이 느린 도랑을 상하로 막아 아주 빠른 속도로 물을 다 퍼내는 재주다. 우물쭈물하면 상류 쪽 위에 임시 방파제처럼 막아 놓은 제방 위로 상류의 물이 넘치는데, 그렇게 되면 제방이 무너져 안에 가둔 고기를 몽땅 놓치게 된다. 때문에 그 전에 안쪽의 물을 빨리 다 퍼내고 물고기를 건져야 한다. 이 방법은 나도 큰 힘을 보낼 수 있었다. 제법 잘하기까지 했다.

가을걷이가 끝난 논을 뒤집으면 미꾸라지가 한가득이다. 대구에 공부하러 간 형이 주말에 집에 오면 종수 형과 함께 잡아 모아둔 미꾸라지로 추어탕을 끓여주었다. 형은 고기를 잡을 줄은 몰라도 추어탕은 굉장히 좋아했다. 함께 잡은 고기라도 종수 형은 나에게 다 내주고 자기는 맨손으로 간다. 내가 종수 형을 좋아하고 따르는 데는 형의 이런 푸근한 인심도 큰 이유였다. 대신 난 형의 심부름이라면 밤중에도 뛰어나가는 충신이었다. 마을 어른들은 시형이 저놈 때문에 경산에 물고기 씨가 마르겠다고 난리다.

그 풍요롭고 정겨운 곳에 요즘은 영남 대학교를 비롯한 여러 대학교가 군집하여 대학촌을 이룬다. 물고기는 물론 없다. 해방 후 내가 대구로 돌아온 이래 종수 형의 소식이 캄캄했는데 〈TV는 사랑을 싣고〉 프로그램을 통해 형과의 극적인 만남으로 다시 옛정을 되살리고 있다. 내가 의대 시험을 치르고 경산으로 간 것도 종수 형을 비롯한 내 어릴 적 친구들이 모두 경산에 있기 때문이다. 특히 중방동은 달성 서씨의 집성촌이다. 달성 서씨와 우리 외가의 척이 그리 멀지 않다. 외가 동네엔 부끄럼 없는 게 우리 마을 전통이다. 내겐 세상 어디보다 경산 중방동이 제일 편하다.

내가 대학 입시를 치루고 피란 가듯 간 곳도 여기, 경산 중방동이다. 당시는 전쟁 중이라 군에 입대하는 젊은이를 위해 거의 밤마다 환송연이 열렸다. 모두 노래와 춤으로 그들을 환송했다. 내가 대학 개학을 앞두고 연회를 한 것이 경산에서의 마지막 밤이다.

서리

경산 서종수 특공대의 또 하나 귀신 같은 특기는 '서리' 작전이다. 말이 서리지 남의 집 과수원을 터는 일이다. 물론 맨손으로 들어가니 사과를 따본들 몇 개 되진 않는다. 그리고 그런 큰 과수원엔 언제나 무서운 맹견이 으르렁거리고 있어 웬만한 배포로는 선뜻 담장을 넘긴 어렵다.

공격 시간은 밤이어야 한다. 일단 과수원 주변을 훑어보고 주인집 경비 상황을 자세히 점검한다. 그리고 필요한 경우 낮에 주변을 한 바퀴 돌아보고 어느 쪽 어느 나무에 사과가 잘 익었는지 살펴봐야 한다. 어렵게 따왔는데 덜 익은 사과면 김이 샌다. 그때는 강변 모래 속에 며칠 묵혀두는 것도 방법이다. 목표물이 정해지면 정확한 공격 지점을 정한다. 가급적 주인집에서 멀리 떨어져야 하고 맹견을 피해야 한다. 선두 공격 부대는 내가 맡는다. 그만큼 빠르기 때문이다. 사과밭 울타리를 사람이 들어갈 수 있도록 헤집어 놓고 포복 자세로 들어간다. 한창 작전 중에도 주인이나 주인집 개가 나타나면 재빨리 나와야 한다. 이런 기민한 판단을 하는 데 내가 아주 귀신같은 소질을 발휘했다.

이것이 시골에서 횡행하는 '서리'라는 행위다. 법적인 잣대를 들이대면 이건 누가 봐도 절도 행위다. 도둑질이다. 그런데도 설령 누구 한 놈 잡혀간다고 해서 심한 벌을 주진 않았다. 물론 부모님이나 학교 선생님한테 일러바친다는 협박은 받는다. 실제로 협박에서 끝나지 않고 상당한 중벌을 가하기도 한다. 그런 불행한 일이 터지면 이튿날 등교 분위기가 매우 달라진다. 때론 교문에 어제 잡혀간 녀석이 아침부터 벌을 서 있기도 한다. 그러나 그 당시 인심으론 도둑질이나 범법 행위로 보지 않고 아이들 장난쯤으로 취급해 특별히 문제를 만들지 않았다. 그게 한국의 인심이라면 인심이다. 주인은 억울하다. 애써 지은 농사를 그렇게 도둑맞으면 기분 좋을 사람은 없다. 그러나 대개는 동네에 찾아와 동장이나 책임 있는 사람을 만나 아이들 조심시키라고 말하는 선에서 마무리된다.

서리 이야길 하다 보니 생각나는 사건이 있다. 88올림픽 때다. 복싱 경기에서 미국 심판이 우리 선수에게 상당히 불리한 판정을 내렸다는 게 국민감정을 촉발했다. 해당 선수는 시합이 끝나고도 단을 내려오지 않아 다음 시합이 진행될 수 없었다.

그와 동시에 국민의 반미 감정도 폭발했다. 소련과 미국의 농구 시합에서 한국인이 소련을 응원한 것이다. 도대체 소련이, 그리고 미국이 우리에게 어떤 나라인데 어찌 이럴 수 있나? 메달 하나가 뭐 그렇게 중요해서? 우리 국민의 좁은 속이 걱정되었다. 이튿날 〈중앙일보〉에서 나를 불러 복싱 경기의 분위기를 분석해 달라고 했다. 격투기라 더 감정적일 수도 있겠다는 생각이 들었다. 그러자 다음날 '이태원 술집에 미국 금메달리스트의 절도 사건'이라는 큰 표제의 기사가 났다. 금메달을 딴 선수가 흥에 취해 그 집의 재떨이를 기념으로 가져간 사건이다. 이걸 절도라고 보도하고 미국 영사가 사과하고 신병을 인계해 갔다는 기사다.

엄밀하게 따지면 절도다. 남의 물건을 주인 허락 없이 가져갔으니, 절도가 맞다. 내가 이 사건을 '서리'와 연관지어 생각한 게 이 대목에서다. 시골 아이들의 과수원 서리 정도로 봐줄 수도 있지 않았을까? 주인이 우승 축하 기념으로 하나 줄 수도 있지 않았을까? 한국의 인심을 세계에 자랑할 수도 있었을 텐데……. 그걸 절도 사건으로 보도한 것은 너무도 좁은 소견이다. 한국엔 서리라는 아름다운 이름도 있는데 왜 그런 생각을 못 했을까?

참 아쉽다. 그렇게까지 된 계기가 그 복싱 사태 때문이다. 그게 미소 농구 시합에서 한국인들이 소련을 응원하기까지에 이른 것이다.

나는 당시 대충 이런 내용으로 기사를 썼고 그 내용이 미국 신문에도 보도되었다. 미국의 오해가 조금이나마 풀렸으면 하는 바람이다.

내 자식은
안 다쳐

그날은 여름이라 가족 모두 마당과 청마루에 흩어져 자고 있었다. 전쟁이 한창인 때였다. 부모님의 대화 소리가 조용조용 들린다.

"당신이 좀 찾아보소. 아이가 몇 달 소식이 없는데 걱정도 안 들어요? 아무렴 당신 발이 더 넓지 않소."

당시 우리 국군은 연전연패, 아무런 준비도 없었으니 당연한 결과였다. 일선에서 부대가 거의 해체될 정도로 공격을 당하면 모두 후퇴하여 대구 근교에서 부대를 재건해 일선으로 다시 올라갔다. 애간장이 타는 엄마가 아버지에게 졸라댄다. 혹시 애들이 들을까 소용조용 대화를 하신다.

"미친 짓 하고 돌아다니지 마. 내 자식은 안 다쳐."

"네?"

내가 다 깜짝 놀랐다. 이 난리 통에 일선에 가서 몇 달 소식이 없는 형이 안 다치다니? 난 어둠을 뚫고 아버지 얼굴을 쳐다봤다. 무슨 배포가 저럴까. 엄마도 대화를 포기했는지 어이가 없으신지 더는 말이 없다. 이튿날 아버지 얼굴을 다시 한번 쳐다봤다. 항상 특유의 무표정. 어디 하나 변함이 없었다.

"내 자식은 안 다쳐."

그래선가? 우리 6형제가 다 군대에 갔지만 누구 하나 손가락 다친 사람 없이 무사히 제대했다. 기적 같은 일이다. 신기하고 고마운 일이다. 나는 그런 생각이 들 때마다 아버지를 쳐다본다. 아버지에겐 무언가 굳은 신념이 있는 것 같다. 아마 내 자식은 다치지 않는다는 늙은 선비의 신념이 아닐까.

당시 형은 8사단 포병 소속이었다. 부대가 전멸하다시피 해체될 위기에 처하자 후퇴하고 다음 신병 보충이 끝나면 다시 전선으로 향했다. 우리는 그사이 수소문하여 형의 부대가 있는 곳으로 찾아가 몰래 면회하고 왔다.

어느 해인가 형이 우리 고향 마을 뒤의 팔공 학교에서 주둔하고 있다는 소식을 접했다. 엄마와 나는 새벽부터 떡 보따리를 챙겨 동화사 밑에 있는 학교를 찾았다. 일부러 새벽 일찍 출발했는데 아뿔싸, 우리가 산 어귀에 도착할 때쯤 형의 부대는 이동을 시작했다. 뽀얀 먼지를 덮어쓰고 길가에서 형을 찾아보려 해도 워낙 먼지 속이라 찾을 수 없었다. 이윽고 마지막 차량이 떠나고 엄마 눈엔 눈물이 맺혔다. 나중에 안 일이지만 형은 그때 그 마지막 차량에 타고 있었다고 한다. 그러나 멀리 고향 마을을 보느라 우리를 보지 못했다고 한다. 길가에 털썩 주저앉은 엄마를 보고 마지막 지휘관 지프가 멈춰 섰다. 예의를 다해 거수경례하곤 누굴 찾으러 오셨느냐고 묻는다. 형 이름을 대니 아! 바로 앞 차를 타고 갔는데 못 보셨구나 하며 몹시 안타까워하더니 엄마를 차에 태울 기세다. 그러나 선두 차들은 이미 다리를 건너고 있었다. 그리고 탈 자리도 없었다. 나는 그때 그 지휘관(소령)의 눈물을 보았다. 자기 엄마 생각을 했을까. 그는 떡 보따리를 받아 들고 떠났다. 형은 그날 점심때 그 떡을 잘 먹었다고 했다.

부대찌개
역사

내가 고등학교 1학년 때 한국전쟁이 발발했다. 무방비 상태로 있던 우리 국군은 연전연패. 순식간에 낙동강까지 밀려 내려왔다. 동쪽으로는 포항 전선이 뚫렸고 남쪽으로는 진해 마산이 뚫렸다. 겨우 남은 건 대구를 기점으로 부산까지 경부선 근처가 전부였다. 길에는 피란민, 패잔병으로 넘쳤다.

그 와중에도 학교는 문을 열었다. 학교 교사 건물은 모두 UN군에 내주고 우린 다리 밑이나 보리밭에서 대포 소리를 들으며 수업했다. 공부가 제대로 될 리가 없었다. 난 용케 대구 앞산 밑에 미 공군 기지의 하우스보이로 취업했다. 부대에서 심부

름하는 아이다. 아주 배고픈 날엔 짬빵, 꿀꿀이죽을 한 그릇 사
먹으면서 허기를 달랬다. 그런데 이것은 음식 찌꺼기라 휴지, 담
배꽁초가 나오는 것은 약과였다. 문제는 이쑤시개다. 이것에 한
번 찔리면 혓바닥에 구멍이 뻥 뚫린다. 그래서 난 큰마음 먹고
군목실을 찾아갔다. 하우스보이 영어 실력으로는 대화가 되지
않았지만, 미군 군목사는 겨우 알아들었는지

"그 음식 찌꺼기를 한국 사람이 먹는다는 소리냐?"

"예스YES!"

"너도 먹느냐?"

"예스YES!"

"어디 가면 먹을 수 있느냐?"

그래서 군목사를 앞 구멍가게로 안내했다. 군목사는 군부
대에서 나온 음식 찌꺼기를 찌개로 끓인 것을 두 그릇 시키더니
나와 한 그릇씩 나눠 먹었다. 매워서만은 아닐 텐데 그의 눈가에
눈물이 그득했다.

부대로 돌아온 다음 날, 큰 공문이 걸렸다. 전 UN군에게 음
식 찌꺼기는 한국 사람들이 먹으니 깨끗이 먹으라는 내용이었
다. 그러고 나서부턴 식당이 한결 깨끗해졌다. 이것이 오늘날 우
리가 즐겨 먹는 부대찌개의 역사다. 나는 지금도 이 문제를 내가
해결했다는 사실에 큰 자부심을 가지고 있다. 성업 중인 부대찌
개 가게 앞에 가면 내가 보인 용기에 감탄한다.

도대체 그런 용기가 어디서 나왔을까? 아마 아무 데나 겁 없이 부딪혀보는 만용에서 비롯된 것이 아닌가 싶다.

하우스보이 취업 역사도 그러했다. 나는 지나가는 장교를 잡고 그 잘하는 영어로 부대에 심부름하는 아이가 있으면 장병들 사기에도 도움이 될 것이라고 설명했다. 장교는 나를 자기 부대로 불러 잔일을 시켰다. 하우스보이는 천막을 지키는 아이라는 뜻으로, 그렇게 해서 부르게 된 것이다. 하우스보이란 직책도 직업도 그렇게 생겼다. 생각할수록 참 대단한 아이라는 생각을 지울 수가 없는, 내 생애 참 자랑스러운 역사의 한 페이지다. 참고로 하우스보이의 영어 한마디를 하자면 "You come, I come." "You OK, I OK."

대입 소동

고등학교 1학년 때다. 내겐 열세 식구의 가장이라는 무거운 짐이 지워졌다. 아버지 병원비만 해도 만만찮았다. 여윳돈이라곤 한 푼 없는 가난뿐이었다. 난 그즈음의 삶을 떠올리면 심한 현기증이 온다. 그 세월을 어떻게 견뎌냈을까. 인간의 목숨은 참 모질구나 하는 생각뿐이다. 고맙게도 착한 동생들이 제 밥벌이를 하겠다고 노점상 등 닥치는 대로 일을 했다.

문제는 내 고등학교 3학년 시절이었다. 학자 집안에 한 놈이라도 대학에 가야 했는데 난 국비 장학생으로 교대에 갈까 막연히 생각하고 있었다. 드디어 다음 주가 대학 입시. 원서를 준비

하느라 친구한테 갔더니

"입시 원서? 내가 이미 네 것도 제출했다."

"그래? 어디에?"

"우리 다 의과 대학에 진학할 거야. 그래야 징집 연기될 수 있어."

전쟁 중이라 군의관이 턱없이 부족했다. 의과 대학생은 6년 간 징병이 보류된다. 때문에 그해 의대 경쟁률이 아주 높았다. 시험도 큰 고비지만 그다음도 만만치 않다. 의과 대학은 재학 기 간도 길고 등록금도 비쌌다. 떨어지면 어쩔 수 없지, 하고 생각 하니 그나마 마음이 편해졌다. 그날부터 친구들이 여느 때처럼 돌아가며 나에게 대입 시험 과외를 해줬다. 나는 내심 초조했지 만, 기색을 보이진 않았다. 일주일 대입 준비, 그리고 이틀에 걸 친 시험이 끝났다. 운이 좋게도 내가 생각했던 이론과 문제들이 많이 출제되었다. 그래도 난 집에 갈 수 없었다. 겁이 나서다. 그 래서 시험이 끝나자 내 고향 같은 경산에 갔다.

시험 결과 발표 날, 조이는 가슴을 잡고 학교에 갔다. 그때는 입시 발표를 붓으로 써서 대학교 벽에 붙였다. 그런데 이상한 소 문이 떠돌았다. 우리 엄마가 나를 찾는다는 것이다. 이상했다. 우리 집은 학교에 어떤 문제가 생겨도 누구도 학교에 찾아오는 일이 없었다. 겨우 엄마를 만나니 "오늘은 집에 오지 마라." 이 한마디만 하고 얼른 떠났다. 알고 보니 아버지는 내가 선생이 되기 위해 사범 대학에 지원한 줄 알고 계셨다. 동창인 사범대학교 학장에게 합격자 명단에 내 이름이 있냐고 물어보셨는데, 없다는 답변을 받아 화가 나셨다는 것이다. 아버지가 나 때문에 화를 이렇게 내신 것은 처음 본다. 고모님의 증언이다. 그날 밤은 공교롭게도 할머니 제삿날이라 친척들이 많이들 모이는데 사범대학에 떨어졌다는 내 소식에 우리 집은 완전히 초상집이었다. 물론 의대에 합격해서 분위기가 완전히 반전되지만 그날 밤 우리 집에 있었던 이야기는 나에겐 워낙 큰 사건이라 더 자세히 따로 쓰려고 한다.

내가 어떻게
의과 대학을?

　　하우스보이로 미군 부대에서 잡일을 하다 보니 학교 출석을 꾸준히 하지 못했다. 학교는 교실을 계속 옮겨 다녀서 학교 가는 날은 어디서 수업하는지 몰라 헤맬 때가 많았다. 우리 학교는 미 5공군 사령부로 쓰였기 때문에 우리는 여기저기 기웃거리며 빈 곳을 찾아야 했다. 제일 많이 신세를 진 곳은 지금의 동대구역 근처에 있는 기와굴이었다. 보리밭에 여기저기 기와굴이 많아서 거기서 수업하는 날이 많았다. 말만 수업이지 나오는 학생들은 절반도 안 되었다. 우리 학년은 군입대 대상 직전의 나이였다. 우리보다 1년 선배까지 자원입대했고 우리 학년은 당장 입대는 면했다.

내 친한 친구 세 놈은 평소에도 그랬지만 전장 한복판에서도 열심히 공부했다. 덕분에 나도 이 친구들의 도움으로 학교 공부는 그럭저럭 따라갈 수 있었다. 한 가지 문제는 독일어였다. 다른 과목들은 중학생 때 배운 것이라 백지 시험은 면했는데 독일어는 처음이었다. 특히 문법의 기본이 너무나 생소해서 어려웠다. 그래도 친구들 덕분에 답안지를 겨우 메꿀 수 있었다. 시험 때는 이 친구들 집에서 함께 모여 공부했다. 나는 수업에도 잘 들어가지 않았기에 이 친구 셋이 교대로 내 과외 선생님처럼 교습시켜 줬다. 그때는 통행금지 시간이 엄격해 항상 서둘러야 했다. 바삐 달려가다가 수상한 놈으로 오해받아 경찰의 조사를 받은 적도 있다.

친구 셋은 모두 가정 형편이 썩 괜찮은 데다 우등생이기도 했다. 당시 시험은 주관식 문제와 논술 시험 등이었는데 어떤 문제든지 열심히 쓰면 선생님들이 불쌍해서라도 점수를 후하게 주곤 해서 낙제를 면할 수 있었다. 이 친구 셋은 나한테는 잊을 수 없는 친구요, 선생이었다. 이 친구들이 없었다면 오늘의 나는 없었을 것이다. 내가 어떻게 의과 대학에 갔는지 이제 이해가 되었으리라.

언제나 등록금에 쫓겨야 했던 나는 무슨 일이든 일만 있으면 시간 제한 없이 뛰었다. 하우스보이로 출발한 나도 나이가 들고 키가 컸다고 공항 주변 경비S.G Special guard로 발탁되었다. 보수도 좋았고 혼자 전깃불 아래 근무를 해야 하니 공부도 할 수 있었다. 문제는 추위였다. 공항의 밤바람은 사람이 날아갈 정도다. 그래서 잠시 활주로 유도등 아래 피해 있으면 추위가 가신다. 깜빡 잠이 들기도 했지만 공부하기엔 참 좋은 조건이었다. 바람에 책이 날려 공항 활주로까지 달려가다 관제 타워에서 날 보고 경고 사격을 한 적도 있었다.

내 절친 3인은 지금은 한 명만 남았다. 한 친구는 간이 안 좋아 한참 병마를 치르며 고생했고, 또 한 친구는 자다가 이승을 떠났다. 착한 일도 많이 했으니 어딜 가나 편히 잘 지내리라 믿는다. 졸저를 이 세 친구에게 바치는 사연이다.

**열심히 길을 찾으면
돕는 이가 나타나고 길이 보였다**

대학 입시 결과
발표날

의과 대학에 지원했으니, 사범 대학 발표자에 내 이름이 있을 리 없다. 발표 전날, 사범 대학 교수님을 통해 이 비통한 소식을 접한 우리 집은 완전히 초상집이었다. 공교롭게도 그날 밤은 할머니 제사를 모시는 날. 시끄러운 고모님, 숙모님 다 모이는 날이었다. 온 동네가 떠들썩한 잔칫날 같았다. 하지만 그날은 완전히 초상집이었다. 내가 대학에 떨어진다는 것은 우리 집으로선 상상할 수 없었다. 시험 후 곧바로 제2의 고향인 경산으로 가버렸으니 수험 번호도 몰라 확실한 결과를 알 수가 없다. 그러나 현재까지 상황으로는 떨어진 게 분명했다. 아버지 불호령으로부터 엄마가 날 보호할 수 있는 유일한 방어책은 결과 발표 날, 날 집에 못 들어오게 하는 것이었다. 누구도 아버지가 그렇게 성내는 것을 본 적이 없다. 무슨 살인이라도 날 기세다. 고모님 표현에 의하면 살기가 등등했다고 한다. 내 평생 학교에 다니면서 엄마가 학교에 직접 온 것은 초등학교 1학년 때 학예회 날이 전부였다. 아버지 소식을 전해 들은 나도 가슴이 철렁했다. 발표 날은 된 놈, 떨어진 놈, 따라온 가족들로 대학 교정이 한 마당이라 사람 찾기가 쉽지 않았는데 용케 엄마를 만날 수 있었다. 엄마는 제정신이 아니었다. 그냥 멍하니 나를 바라보더니 오늘 저녁 집에 들어오지 말란 말 한마디 남기고 내려가 버렸다.

의과 대학 발표는 제일 마지막. 이윽고 우리 차례가 다가왔다. 붓으로 이름을 써 두루마기에 감아 펼치면 우리들의 운명이 하나씩 결정되는, 참으로 처절한 발표식이었다. 드디어 내 번호 차례가 되었다. 응? 내 이름이 안 보인다. 정신을 차려 다시 보니 연돌에 가려 보이지 않았다. 후우……. 그러면 그렇지. 그때 계속 떠오른 것은 아버지 얼굴, 그리고 엄마 얼굴. 그럭저럭 해도 지고 10리 길을 걸어 집으로 오니 벌써 깜깜했다. 우리 집은 예상대로 쥐 죽은 듯 조용했다. 나는 살며시 동생을 대문으로 불렀다. 이 녀석이 새파란 얼굴로 나오더니 들어오지 말고 돌아가란 소리를 한다. 그래서 내가 동생한테 조용히 전후 사정을 설명했다. 워낙 큰 사건이라 이 녀석한테 의대 수험표까지 보여주지 않았다년 믿지 않았을 것이다. 그제야 확인이 되었는지 동생 녀석이 고함을 지르며 안방으로 뛰어가 부모님께 사정을 말했다. "이시형 만세!" 소리가 합창으로 들리고 초상집이 순식간에 잔칫집으로 바뀌었다. 고모님들이 맨발로 나와 나를 껴안았다. 나는 그제야 못 이긴 척하고 안방으로 들어갔다. 아버지 표정은 언제나처럼 옛날 그대로다. 아무 말씀이 없었다. 이게 우리 아버지다. 막내 고모가 춤을 추고 야단법석을 떨었다. 아버지 팔을 잡아끌며 함께 추자는 품새다. 아버지는 성을 내지 않았다. 마치 이 모든 게 당연한 일인 듯 조용히 일어나 건넛방으로 갔다.

"요사스럽긴."

이게 그날 저녁 아버지가 하신 말씀 전부다. 여전히 내 쪽은 거들떠보지 않았다. 바뀐 게 있다면 살기등등했던 얼굴이 평소처럼 되었다는 것뿐이다.

그 해는 의과 대학 합격이 최고의 훈장이요, 영광이었는데 아버지는 그걸 아시는지 궁금했다. 천재가 아니면 시험을 볼 생각조차 못 하는 그런 대학인데.

안형아,
개구리 잡지 마라

대구에 있는 우리 집은 넓은 수성벌 끝자락에 있다. 집 뒤로는 큰 하수도가 있었는데 비가 오면 여기부터 물이 고이기 시작한다. 근처 수성천의 수위가 높아지면 수문을 닫는다. 그 넓은 수성들 물이 우리 집으로 다 몰려온다. 비도 얼마 오지 않았는데 우리 집 뒤 하수구는 물이 넘친다. 마당에, 그리고 부엌에도 물이 차오른다. 그렇게 순식간에 온 집이 물속에 잠긴다. 그런 날은 온 집안이 비상이다. 잠은커녕 물을 퍼내느라 모두 꼬박 밤을 새워야 한다. 다음 날 참 고맙게도 적십자에서 밀가루 배급이 나온다. 우리 집은 가족이 많아 두 포에서 세 포까지 빚을 수 있었다. 물이 빠지길 기다리며 오랜만에 밀가루 수제비로 포식하곤 했다.

대여섯 살 된 우리 집 막내가 개구리를 잡는다. 그날 저녁, 아버지가 막내에게 개구리 잡지 말라고 한 이야기는 내게 두고 두고 충격이었다. 개구리가 울어야 비가 온다. 비가 오면 물난리가 나고 그럼 적십자에서 준 밀가루로 온 식구가 배불리 먹을 수 있었다. 그러니 개구리를 잡지 말라고 하신 것이다. 그 이야기를 하시는 아버지의 심경이 지금 생각하면 가슴이 찔리듯 아프다. 서민의 애환이 서린 수성들의 비가 오는 날 정경이다.

우리가 그 집에서 이사 나가는 날, 나는 속으로 만세를 불렀다. 내가 미국 유학을 마치고 돌아올 때까지 우리 집은 그대로 있었다. 열세 식구의 가장이 되는 날, 우리 집부터 옮겨야 했다.

내가 대학교 4학년 때, 마지막 학기를 앞두고 의사 국가시험 공부를 하느라 진땀을 빼고 있었던 날이었다. 아버지는 한 많은 이승을 떠나셨다. 비가 와도 물 걱정 안 시켜드려야지. 내게 그 것이 참 중요한 임무였는데 끝내 이루지 못한 채 아버지는 떠나셨다.

문제는 아버지 장례 절차였다. 유학의 대학자로서 갖춰야 할 법도가 아주 복잡했고 문제는 그만큼 돈이 많이 들었다. 장례는 최소한 9일장으로 해야겠다는 것. 난 그때 이미 삼일장을 치르기로 모든 결정을 하고 있었다. 9일장을 하면 그 많은 손님 식사부터가 문제였다. 어른들에게 울면서 호소했다. 삼일장! 누가 뭐래도 난 물러서지 않았다. 형님은 그때도 군인이라 집 사정을 짐작만 할 뿐 알지도 못했다. 할아버지 내외분이 계시는데 죽은 조상 예를 갖추려다 산 조상 죽이겠다, 나는 상말도 서슴지 않았다. 그만큼 내겐 절박한 문제였다. 우리 친구 집안이 마침 큰 시장에서 포목 장사를 하고 있어 급하게 그 친구에게 장례용 일체를 지원받았다. 삼일장을 선언하고 사흘째 되는 날 장의차가 도착했다. 어른들도 어쩔 수 없이 따르지 않을 수 없게 되었다. 장례를 치르고 돌아온 저녁, 우리 집 굴뚝에는 연기가 나지 않았다.

내가 사람
잘못 봤어

내가 대학교 2학년이었을 때였다. 좀 까다로운 교수 한 분이 계셨는데 신경질적이고 화를 잘 내는 수준을 넘어 앞자리에 앉은 얌전한 학생들에게 매질도 했다. 여학생도 매를 맞았다. 대학생에게 매질이라니, 난 그게 못마땅했다. 그날은 직전 수업이 늦게 끝나 많은 학생이 수업에 늦게 들어와 강의실 분위기가 어수선했다. 교수님 성품을 아는 우리는 빨리 어수선한 분위기가 가라앉길 바랐지만 계속 늦게 들어오는 학생들 구두 소리에 분위기가 영 잡히질 않았다. 이윽고 교수님이 폭발해 늦게 들어온 학생들에게 교단 앞으로 나와 손을 들고 서 있으라는 지시를 했다. 그러곤 만만한 학생들에게 매질도 했다. 그렇게 분위기가 가라앉는가 싶었는데 여전히 늦게 들어오는 학생들이 있어 분위기가 계속 어수선했다. 성이 파랗게 난 교수님이 우리에게 분필통을 던지곤 "수업 못 하겠다."라며 출석부를 들고 강의실을 나갔다. 그러자 학생들이 일제히 함성을 지르며 박수를 쳤다. 그리고 그것이 교수님과의 마지막 수업이었다. 우리는 의예과 주임 교수에게 사정을 말씀드리고 앞으로 그 교수님의 수업을 받지 않겠다고 선언했다. 교수님은 비교해부학이라 우리 수업뿐만 아니라 다른 대학에서도 강의가 있었는데 우리 소식이 전해지자 모두가 강의를 보이콧했다. 그래서 우린 본과 교수님이 강의를 해주셨다.

문제가 심각해진 것은 그 교수님을 의과 대학 해부학 주임 교수가 추천했다는 것이다. 그리고 그 해부학 교수님은 주모자 몇 명이 본과에 올라오면 혼을 내겠노라 야단을 쳤다. 나도 그 주동자라 마음이 편치 않았다. 본과에 올라가기도 전에 해부학 공부를 따로 했다. 그리고 본과에 올라가는 날, 수업 준비를 거들어도 교수님은 거들떠보지도 않았다. 드디어 올 것이 오는구나. 의과 대학은 1학년 때 해부학을 낙제받으면 전 과목이 낙제다. 그만큼 비중이 높았다. 드디어 첫 시험인 해부학, 골학을 치르는 날. 이게 웬일? 시험 성적이 100점 만점이었다. 다음 치른 근학 시험도 100점. 시험마다 100점이었다. 난 그게 몹시 불안

했다. 아무래도 여기에 무슨 사연이 따로 있겠구나, 싶었다.

학기가 거의 끝날 무렵, 주말에 학과에서 소풍을 가기로 했다. 난 죽을 각오를 하고 물었다.

"교수님, 소풍 같이 가시겠습니까?"

"응 그러지. 언제지?"

야, 이건 정말 대박이다. 소풍을 갔는데 교수님은 노래도 잘 불렀다. 우리와 함께 즐겁게 놀다 주무시러 가셨다. 난 교수님 물도 떠 놓고 시중도 들었다. 방을 말끔히 치우고 나오는데 "이군, 거기 좀 앉게." 선생님이 내게 말을 건 것은 이게 처음이었다. 이크, 드디어 사달이 나겠구나. 그런데 교수님은 아주 부드러운 목소리로 "내가 사람을 잘못 봤어." 하셨다. 후유, 살았다. 나도 모르게 눈물이 주르륵 흘렀다. 교수님이 학생들과 소풍을 간 건 그때가 처음이라고 했다. 한결 누그러진 교수님과의 일화를 들은 선배들도 모두 축하한다고 인사를 건넸다.

소풍을 끝내고 돌아와서 얼마 후, 교수님이 위암 진단을 받았다. 그러곤 병원도 나오지 않고 누구도 만나지 않고 자취를 감췄다. 우리와는 인사 한 마디 없이 교수님은 영영 우리 곁을 떠나셨다.

"교수님, 안녕히 가십시오. 우리의 존경과 감사의 염을 들여 큰절 드립니다."

아름다운
데이트

      내 절친 셋과 나는 연애에 대해선 참 문외한이었다. 한 번도 제대로 연애를 해본 적이 없고 젊은이들이 즐겨 찾는 곳을 가본 적도 없다. 그런데 무슨 제목이 아름다운 데이트냐. 거기엔 그럴 만한 기막힌 사연이 있어서다.

      대학교 2학년쯤으로 기억된다. 봄방학 때 예방의학 교실에서 근처 여군 학교의 대변 검사 아르바이트를 한 적이 있다. 교수님이 "오늘은 어느 학교냐?"고 묻는다.

      "여군 학교입니다."

      "야, 이놈들 오늘 꽃밭에서 노네."

우리 교수님의 최고 유머다. 다른 여대 학생 몇 명과 함께 일을 했는데 아르바이트가 끝나자 검사를 한 여군 학교 장교가 우리에게 보답으로 해인사를 데려가 주겠다고 했다. 그 여학생들과 함께. 우와, 이게 웬일인가. 당시는 아직 전쟁 중이라 해인사가는 정기 버스 노선도 없었다. 그래서 군에서 특별히 내준 트럭을 타고 갔다.

학수고대하고 기다린 그날이 왔다. 내 친구 한 녀석은 그사이 새 양복을 한 벌 맞춰 입었다. 아주 근사했다. 대구 시내를 겨우 빠져나가자 비가 부슬부슬 오기 시작했다. 지붕도 없는 트럭 짐칸에 탔기 때문에 비를 피할 수도 없었다. 그러나 헌병 대위가 조수석에 버티고 앉아 있으니 검문소는 무사히 통과했다. 문제는 비다. 점점 빗방울이 굵어졌다. 대구를 벗어나면 낙동강을 건너야 한다. 포장도 안 된 길은 그야말로 진흙 바닥이었다. 이리 흔들, 저리 흔들. 우리는 초주검이 되었다. 강을 건너자니 긴 줄이 늘어섰다. 아직 전쟁 중이라 배 하나 얻어 타는 데 한 시간은 족히 걸린다. 그나마 헌병 대위 덕에 겨우 얻어걸린 차다. 배에서 내리니 강바닥이 완전히 흙 천지라 차가 빠져 움직일 생각도 안 했다. 남학생들은 내려 진흙 바닥에 차를 밀고 도강을 했다. 무슨 영문인지 점점 빗줄기가 강해지고 온종일 비를 맞고 있으니 으슬으슬 춥기까지 했다. 기분 같아선 돌아갔으면 좋겠는데 차마 그 소리를 할 형편도 아니었다. 처음엔 떨어져 앉았으나 추위서 남녀 상관없이 딱 붙어 갈 수밖에 없었다. 해인사에 도착할 무렵엔 살아 있다는 게 신기할 정도였다. 싸 간 도시락이며 칠성 사이다는 비에 젖기도 하고 도저히 입에 넣을 형편도 아니었다. 겨우 여관방을 두 개 빌려 불을 때고 몸을 녹였다. 살 것 같았다.

자, 이제 돌아갈 시간. 똑같은 코스가 기다리고 있었다. 비는 여전히 쏟아졌다. 그나마 전시 중 헌병 차가 가장 우선해서 갈 수 있다는 게 다행이었다.

우여곡절 끝에 대구로 돌아왔다. 통행금지 시간이 지난 지 한참 되었지만 역시 헌병 차라 무사통과했다. 가장 가까운 친구 집에서 내렸다.

"아이고, 이 물귀신들아!"

친구 어머니의 외침과 함께 우리의 아름다운 데이트는 이렇게 처절하게 끝났다.

경무대
방문기

1954년 전국 대학생 대표, 학생회장 총회가 열리는 날이었다. 경무대(당시 청와대를 칭하던 말)에서 대통령과 대화의 시간도 마련되었다. 친구들은 이승만 대통령이 쌀값도 모르는 것이 사실인지 물어보라고 했다. 경무대 앞마당에 모여 대통령과 대화가 시작되었다.

대통령은 하버드대학교의 점심시간을 소개하면서 잘사는 학부모가 방문하는 날엔 학생들 점심값을 내고 간다는 내용의 이야기를 했는데 잘 알아듣지를 못했다. 대통령이 이야기를 끝내자 질문이 있냐고 물었다. 이때다 싶어 대통령께서 쌀값을 모른다는 이야기가 시중에 파다한데 그게 사실이냐고 내가 물었다. 자신 있게 시세를 말씀하셨는데 실제 가격과는 거리가 먼 답변이었다. 그래서 내가 계속해서 쌀값을 정확하게 알려드렸다. 그 외에도 여러 가지 문답이 진행되었고 여학생과 팔씨름도 하는 등 분위기 좋게 진행되었다. 젊은이를 아끼고 사랑하는 노대통령의 마음이 잘 전달된 한마당이었다.

회담이 끝나고 귀갓길, 경찰이 내 어깨를 툭툭 치더니 잠깐 들어오라고 한다. 그때는 파출소가 경무대 안에도 있었다. 내가 거기로 불려갔는데 '국가 원수를 모욕한 죄'로 몰려 자술서를 쓰라고 했다. 하, 이럴 수가 있나. 나는 아무것도 쓸 수 없었다. 다른 학생들은 모두 퇴실하고 나 혼자 파출소 의자에 잡혀 앉아 있었다. 허락을 얻어 우리 대학 학장실에 전화했다. 학장님이 "입 조심하라고 그렇게 말했거늘!" 노발대발하셨다. 파출소 근무자가 바뀌고 별다른 조치는 없었다.

밤중이 되자 우리 학장님이 나타나셨다. 군고구마를 한 봉지 사 들고 와서 근무자에게도 나눠 주고 내게도 한 개 나눠 주셨다. 학장님이 근무자와 이야기를 하더니 통행금지 면제 도장을 받고 드디어 풀려날 수 있었다. 나는 큰일을 하고 난 통치자라도 된 양 아주 우쭐대며 경무대를 나섰던 기억이 지금도 선명하다. 내가 무슨 큰 죄를 지었다고. 이런 게 과잉 충성 아닌가. 연로한 대통령이 인의 장막에 갇혀 밑바닥 민심도 잘 모르고 계시는 게 아닌가. 이런저런 생각으로 투덜대며 경무대를 나섰다.

이게 내가 대통령 관저를 방문한 첫 번째 기억이다. 그다음에도 더러 예방할 기회가 있었지만 처음 아픈 기억이 있어선지 영 마음이 편치 않았다.

내가 제일 마지막 청와대를 간 것은 박근혜 대통령 시절이다. 여성 대통령이어서일까, 옛날에 비하면 한결 분위기가 부드러웠다.

그날은 인문학 교수들이 주축인 주빈이었다. 신문에서만 보던 내각 전원이 함께 참석했다. 수인사가 끝나고 차 한 잔을 마시는데 별 화제가 없었던지 대통령이 유머를 한마디 하겠노라 했다. 듣고 있던 내가 말했다.

"시중에는 우리 대통령 유머가 썰렁하다고 소문이 났는데 왜 하필 이 까다로운 인문학 교수들 앞에서 유머를 하려는 건지 왠지 불안하네요."

그제야 좌중에 폭소가 일어났고 분위기가 한결 부드러워졌다. 한참 후 대통령이 "유머는 좀 썰렁한 것도 좋잖아요?"라고 하자 모두 웃었다. 그리고 한 유머는 역시 썰렁했다.

그래도 거기보단
낫잖아

　　의예과 시절, 대구에서 가정 교사를 했을 때였다.
길거리에 책을 펼쳐 놓고 팔고 있는 아저씨가 있었다. 몇 권이나
팔리려는지 책에는 뽀얀 먼지가 쌓여 있었다. 낯선 제목의 낡은
책 한 권이 눈에 들어왔다. 무슨 책일까? 펼쳐보니 빅터 프랭클
이라는 정신과 의사의 『죽음의 수용소에서』라는 책이었다. 나
치 강제 수용소에서 겪은 수감기였는데 그리 두껍지도 않은 책
이라 금방 읽어가던 중 과외 학생이 와서 책을 덮어야 했다.
　　다음 날은 일부러 좀 일찍 와서 그 책을 찾았다. 거기 그대
로 있었다. 책방 주인이 그 책을 나에게 선물로 줬다. 나는 몇 번

을 반복해서 읽있다. 읽을수록 '인간이란 무엇인가'라는 원초적인 질문에 부딪히곤 했다. 나치 수용소라는 지옥에서도 살아남은 사람이 있었구나. 그들의 끈질긴 생명력에 감동하지 않을 수 없었다. 건강한 사람도 갇히면 석 달을 못 넘긴다는 곳. 가스실로 갈 것도 없이 수용되는 것만으로도 나치의 악랄한 반인도적 잔인성의 목적을 달성하는, 그야말로 최악의 생존 조건이었다. 그런 수용소 생활을 3년 넘게 무사히 지내고 해방된 프랭클 박사의 끈질긴 생명력에 경의를 표하지 않을 수 없었다. 무엇이 그 열악한 환경에서 그를 살아남게 했을까.

　나중에 나치 수용소에 견학을 가보니 안경이나 가발을 모아놓은 방이 있었다. 나는 차마 더 이상 볼 수 없어서 고개를 돌려 외면했다. 그리고 나 자신을 돌아봤다. 당시 잔인한 현실이 계속되고 있었다. 지치고 배도 고프고 며칠을 더 견딜 수 있을 것 같지 않았다. 그런 환경에도 살아남을 수 있었다는 게 기적같이 들린다. 내가 이 책을 읽고 몇 번이나 되뇐 말이 있다.

　"그래도 거기보단 낫지 않느냐."

　한국 전쟁은 끝났지만, 전쟁이 휩쓸고 간 폐허엔 가난과 굶주림만이 남아 있었다. 도대체 인간이 얼마나 모질어야 하는가. 이런 환경에도 살아남아야 한다니. 산다는 게 뭔지. 새삼스레 묻지 않을 수 없다. 하지만 결론은 뻔하다.

　'아무렴, 그래도 거기보단 낫지 않느냐.'

이것으로 모든 현실적 고통이나 고난이 그만 가시기도 한다. 내가 박상미 교수와 함께 의미치료 아카데미를 연 것도 이러한 인간적 배려에서였다. 300여 명 수강생이 상담사 면허를 받고 졸업했다. 어떤 일이 있어도 거기보단 낫지 않느냐.

나는 남의 책은 번역하지 않기로 마음먹고 있다. 나와는 생각이나 의견이 다른 내용인데도 번역서라 그대로 옮길 수밖에 없다는 게 싫었다. 하지만 프랭클의 책은 번역하자는 출판 제의를 듣고 단번에 수락했다. 그것도 그에 대한 나의 존경심에서 비롯된 것이다.

길에서 얻은 헌책 한 권이 내게 이렇게 큰 영향을 주고 중요한 역할을 해줄 줄은 꿈에도 몰랐다. 정신과 의사라면 프로이트와의 인연을 이야기하지 않을 수 없다. 나도 마찬가지다. 그러나 실제 내 임상은 빅터 프랭클의 의미치료logotherapy에 더 의존하고 있다는 것이 솔직한 고백이다. 길거리 헌 가판점에서 맺은 인연이 내 평생의 전문직을 지배하다니 생각할수록 신비로운 것이 인생 여정이다. 정신과에선 세렌디피티serendifity란 말이 있다. 전혀 예상치 않은 행운을 전혀 엉뚱한 곳에서 만날 때 쓰는 말이다. 길에서 다이아몬드를 주운 행운이다.

시체 실습실
귀신들

해부학만 없어도 의과 대학 다닐 만하단 소리도 나온다. 하지만 아직 이르다. 강의가 끝나면 시체 해부가 시작된다. 이건 정말 사람 죽이는 시간이다. 이 고비를 못 넘겨 자퇴하는 친구도 있고 내년으로 미루는 친구도 있다. 문제는 나다. 수업이 끝나면 난 학원 강사로 출강을 해야 한다. 두 시간 수업을 마치고 벼락같이 달려와도 대부분 학생은 시체 해부 실습이 끝나고 귀가한 후다. 내가 시체 해부실에 들어설 즈음엔 모든 학생이 집에 가고 싸늘한 시체들만 나를 반긴다. 고백건대, 난 겁이 많다. 겁쟁이다. 절친한테 좀 기다려 달라고 말하기엔 미안하다. 혼자 그날 마쳐야 할 부위까지 찾아 놓고 가야 한다. 문제는 여기서부터다. 둘러보면 시체들이 모두 나를 응시하고 있고 어떤 날엔 내 실습 테이블 시체의 팔이 털썩 나를 때릴 때도 있다. 정말 하늘이 노랗게 된다. 그리고 시체 해부실은 본관 교실과 200미터 이상 떨어져 있어서 마지막 퇴실하는 내가 전등을 끄고 나와야 한다. 아, 불을 끄고 깜깜해지는 순간을 생각하면 지금도 온몸이 얼어붙는다. 전깃불을 끄고 돌아서는 순간 시체실 귀신이 날 덮친다. 시체실 근처엔 전해 내려오는 귀신 이야기가 많다. 급하게 뛰어나가다 계단에서 넘어진 적도 많다. 시체실 귀신이 모두 합세하여 계단에서 내 갈 길을 막아설 때도 있다. 그래도 난 정성껏 마쳐야 한다. 앞에서 해부학 교수와 나의 악연을 이야기한 바 있다. 아무리 잘해도 해부학은 낙제를 면치 못할 것이라는 설이 아주 전설처럼 퍼져 있다.

"하느님, 시체실 귀신만큼은 얼씬 못 하게 쫓아내 주세요."

내 소원은 귀신 쫓는 일이다. 귀신이 어디 있냐고 하는 사람이면 우리 의과 대학 시체 실습실에 한번 가보라고 권한다. 학생들이 한가득 실습하고 있을 때는 괜찮다. 그러나 혼자 실습실에 남아 있을 땐 온갖 생각이 든다. 귀신들이 괴상하고 기괴한 소리를 내어가며 합창할 때도 있다. 소름이 쭉 돋는다. 그래도 귀신이 없다고 우기는 사람은 어딘가 정신이 나간 사람이다.

그날은 아침부터 때 이른 겨울비가 추적거리며 음산하게 내리는 기분 나쁜 날이었다. 학원 수업에 장학사 몇 분이 참관을 온다고 해서 보통 때보다 수업이 늦게 끝났다. 겨우 마치고 허둥대며 대학 시체실로 돌아오는데 비 오는 날엔 귀신들이 일찍부터 나와 시체실 계단에 줄지어 있다. 제정신으로 시체실에 들어갈 수 있을 것 같지 않았다. 소주 한 잔을 마시긴 했지만, 전혀 효과가 없었다. 실습실에 겨우 들어가니 귀신들이 손뼉을 치고 아주 기괴한 소리로 노래를 했다. 그래도 다른 방법이 없다. 귀신들한테 그래도 난 들어가야 한다고 선전포고를 하고 시체실 입구에 들어갔다. 아! 그런데 이게 뭔가. 이번엔 귀신이 아니고 진짜 사람 소리다. 순간 그게 더 무서웠다. 시체 실습도 끝났는데? 문틈으로 보니 귀신이 아니라 진짜 사람이었다. 2학년 선배들이 실습실 사진을 찍는다고 와 있었다. 후유, 살았다. 하지만 그도 잠시 몇 장 찍더니 모두 물러가고 이번엔 진짜 귀신이 나타날 차례다. 추적추적 비 오는 소리가 귀신이 아니고는 낼 수 없는 기성이다. 어떻게 끝냈는지는 잘 기억이 안 난다. 그러나 결론은 무사히 집으로 돌아왔다는 사실이다. 밤새 고열에 시달렸다.

그렇게 해부학 실습을 끝낸 것이 대견스럽다. 내게 의대 졸업장은 가히 죽음과 맞바꾼 귀한 선물이다. 의사 중엔 전업轉業을 하는 사람들이 더러 있다. 난 꿈에도 생각 못 해본 일이다. 오직 의사 한길, 옆을 돌아볼 시간도, 여력도 없거니와 시체 해부 실습 시간을 견뎌낸 것이 아까워서라도 딴생각을 해본 적이 없다.

공군의 전설,
유치곤 대령

　　무슨 운명인가. 전쟁이 나자 활주로 끝에 있던 우리 고향 마을은 소개를 가야 했다. 처음엔 잠시뿐이려니 했던 전쟁은 끝이 없었고 결국 고향 마을은 통째로 없어지고 말았다. 생각할수록 아깝고 억울한 이야기다. 마치 운명과 같이 내 군 복무도 옛날 고향 마을 언저리에 생긴 대구 공항의 군 병원에서 했다. 입대 이래 다른 부대로 전근을 간 적도 없이 그곳에서 전역했다.

　어쨌든 공군 이야기를 하면서 유치곤 대령 이야기를 하지 않을 수 없다. 유명한 영화 〈빨간 마후라〉의 주인공이란 이야기

도 있다. 당시 유치곤 대령은 제1 훈련 비행단 단장이었고 내가
복무한 병원은 기지 병원으로 그 아래 소속되어 있었다.

어느 날, 막 추위가 시작된 날이다. 우리 단장님이 아프다면
서 엄살을 떨며 병원에 오셨다. 기도를 진찰하기 위해 얼굴을 가
까이 가져가는데 단장님이 갑자기 말했다.

"이 중위, 너무 가까이 보지 말게. 비행기 사고로 하도 많이
다쳐 떨어져 나간 얼굴 살을 엉덩이 살로 때우느라 가까이 보면
얼굴에서 아주 고약한 냄새가 날 걸세."

실제로 우리 단장님 얼굴은 원래 제 모습이 없다. 진찰을 마
치고 단장님께 항생제 주사를 처방했다.

"이 중위, 그냥 안 맞고 아픈 게 낫겠어, 아님 맞고 덜 아픈
게 낫겠어?"

"맞고 덜 아픈 게 낫지요."

"그럼 안 맞고 덜 아플래."

"단장님. 어느 쪽이 덜 아플지 혼란스럽습니다."

"내가 그렇지. 그럼 점심 먹고 와서 다시 생각해 보자."

그러고는 아무 일 없다는 듯 활기차게 걸어 나갔다. 우리 단
장님의 에피소드는 공군에서 전설처럼 많이 남아 있다. 신형 전
투기를 처음 인수하러 일본의 공항에 갔는데 연습 비행이 최소
한 달은 걸려야 하지만 공항을 이륙하면서 "유치곤 떴다, 오버."
이 한마디 남기곤 그 길로 바로 한국전 전장으로 직행해 수류탄

으로 적을 공격하고 돌아왔다고 한다. 우리 전항이 그만큼 급박했기 때문이다. 그런 용감함 뒤에는 또 참 부드러운 면도 있다.

점심시간이었다.

"어이, 이 중위."

나를 부르는 소리. 돌아보니 단장님이시다. 네! 달려갔더니

"이 중위, 이 사람이 내가 누군 줄 모르는데?"

옆을 보니 새로 입대한 위생병이다.

"글쎄, 나보고 점심시간이 끝나면 변소를 치우라고 야단을 치는 것 아닌가. 허허."

나는 웃을 수도 없고 난처했다. 사정을 들어보니 여름엔 더워 조종사들이 웃통을 벗고 식당에 들어와 계급을 알 수 없고 게다가 우리 단장님은 평소 모자도 안 쓰고 다니니 위생병이 인부로 착각한 것 같았다. 자주 보는 사람이 아니면 누가 이런 차림의 계급장도 없는 단장님을 알아볼까.

"야, 이 사람아. 초등학교 책에도 나오는 유치곤 단장님이시다."

내가 설명을 하니 위생병이 깜짝 놀라 묻는다.

"단장님, 사진 한번 같이 찍어주실 수 있으십니까?"

내가
예일대학교를?

　　사람들은 모두 놀랐다. 대구 촌놈이 세계 명문 예일대학교를 지원하다니. 누구도 믿지 않는다. 내 미국 동료는 그래도 모르니 원서를 한 군데 더 넣으라고 친절한 충고까지 해준다. 내 천재 망상증이 이번에도 발동한 건 사실이지만 그렇게 큰 위력을 발휘하진 못했다. 예일대학교라는 이름만으로 살짝 주눅이 든 건 사실이다. 그러나 난 예일대학교에 입학할 수 있는 키포인트를 알고 있었다. 미국의 다른 직장도 대부분 그러하지만, 시험이 따로 없고 담당 지도 교수 세 분의 추천서가 결정적 역할을 했다. 이것만 잘 받으면 된다. 나는 그걸 위해 치밀한 작전을 짰다.

일단 예일대학교 출신 직원을 조사했더니 네 분이 계셨다. 다음 이분들의 병원 활동, 스케줄을 전부 자세히 조사했다. 강의 시간, 전체 평가 시간 등 추천서를 쓰는 데 유리한 시간이 언제 인지 조사부터 했다. 그리고 다른 스케줄은 다 빠져도 이들 교수 네 분의 강의 시간은 절대 빠지지 않고 공부도 열심히 했다. 모르는 것이 있으면 다른 교수님께 물어보면서 공부를 했다. 내게 유리한 점은 인턴 숙소가 주차장 한복판에 있어서 누가 몇 시에 깨는지, 언제 어디서 무슨 활동하는지 간호사들이 알고 있다는 점이었다.

새벽 일찍 응급 환자가 오면 간호사들은 내 방에 전화를 한다. 나는 그 시간대에 벌써 일어나 있다는 것을 알기 때문이다. 그리고 특히 내가 정성을 쏟았던 교수님은 닥터 자드Dr. Dzad였다. 성형외과 주임 교수인데 나만 보면 성형외과를 전공하라고 졸라댄다. 그에겐 환자도 많았다. 그 밑에서 훈련받으면 돈 버는 것은 떼놓은 당상이다. 가난이 몸에 밴 나로서는 그 역시 무시할 수 없는 길이었다. 그리고 나에겐 공군 군의관 3년 근무한 관록이 있다. 교수들은 내가 조수를 맡으면 그렇게 편하고 좋다고들 한다. 게다가 난 원래 잠이 적은 편이라 상시 비상 대기다. 어중간한 시간에 입원한, 혹은 담당이 정해지지 않은 환자는 대부분 내 몫이다. 간호사들이 내게 환자를 맡아 달라 전화를 주면 난 단번에 "네 가겠습니다.[Yes, I'll come.]" 아주 기분 좋게 응대하고 바로 달려간다. 이런 소문이 안 날 리 없다. 중형 병원이라 난 그 병원에서 누구나 아는 베스트 인턴이 되었다. 내 추천서는 누가 봐도 탐이 난다. 구술시험 치러 간 날, 제일 마지막 시간에 훈련 총 책임교수 닥터 플렉Dr. Fleck(호랑이 선생)은 말했다.

"넌 뭘 했길래 내가 협박 전화를 받게 하냐."

너를 선택하지 않으면 반드시 크게 후회할 것이라고 닥터 자드가 전화를 했다는 것이다. 미국 사회에서 이런 일은 잘 일어 나지 않는다고 말한 내 안내를 맡은 선배는 "안 되면 하버드에 간다고 했지만, 예일대에서 낙방할 거란 생각은 아예 하질 마라. 넌 바로 합격이다."라고 했다. 그가 마치 최종 결정자나 되는 듯 아주 자신 있는 어조로 말했다. 절반은 합격한 셈이다. 돌아오는 길은 휘파람이 절로 나오는 신나는 귀로였다. 큰 실력도 없으면 서 이만큼이나마 할 수 있었던 건 내 나름의 치밀한 작전이 유 효했던 것도 사실이고, 뭐니 해도 내 천재 망상증이 내게 자신감 을 심어준 것도 한몫했다. 예일대학교가 별건가? 웃지 말게. 그 게 나를 밀어준 힘일세.

예일대학교 합격 통지서를
기다린 날

    금요일 저녁, 오늘까지 결과가 오지 않는다면 내
년을 기다릴 수밖에 없다. 미국 병원의 수련이 시작되는 날은 모
두 7월 1일이다. 그래서 대부분 병원은 늦어도 5월 말까지는 입
학 여부를 통지해 준다. 그래야 옮겨 갈 준비를 할 수 있다. 보통
4월 중순이면 인턴들은 다음 어느 병원으로 레지던트 수업을
갈지 알 수 있다. 그런데 문제는 나다. 4월, 5월이 다 가는데 아
무 소식이 없다. 차츰 초조해지기 시작했다.
    드디어 5월 마지막 주 금요일. 저녁에 숙소로 돌아와 떨리는
가슴으로 우편함을 여는데 텅 비어 있었다. 우편함만 빈 것이 아

니다. 내 가슴이, 아니 내 전체가 텅 빈 깡통 같다. 늦어도 오늘까지는 통지가 와야 하는데……. 아, 그때 내 심경은 말로 표현할 수 없다. 나는 저녁도 거른 채 그길로 차를 몰아 어디로든 길이 있는 대로 달렸다. 반 미친 상태였다. 내 평생 무슨 시험이든 떨어진다는 것은 생각조차 하지 못했다. 나에게도 이런 일이 있을 수 있다니, 말도 안 되는 소리다. 나는 과속도 두렵지 않았다. 시골길이기도 했고 신호도 무시하고 그냥 달렸다. 전속력으로! 아, 내게도 이런 일이 있을 수 있구나. 그 잘난 천재 망상증은 산산이 무너지고 내 인격체가 송두리째 무너져 내려앉고 있었다. 맥주도 몇 캔 마셨겠다, 어딘가 부딪혀도 좋겠다는 생각이었을까? 자살 일보 직전이란 말인가? 순간, 차가 덜컹거리더니 기름이 떨어졌다는 표시등이 켜졌다. 그제야 정신이 들었다. 여기가 어딘가? 깊은 산속인 것 같은데 지나가는 차도 없다.

순간 「킬리만자로의 눈」 생각이 났다. 아무것도 먹을 것 없는 그 높은 설산에 왜 그 표범이 올라갔을까? 얼어 죽은 표범의 사체 앞에 누구나 해보는 생각이다. 하지만 누구도 해답을 얻지 못한다. 헤밍웨이 자신도. 나도 같은 생각이다. 하지만 그날 밤 내 머리를 스쳐 가는 생각은 표범도 어쩌면 내 신세와 똑같은 처지가 된 게 아닌가 싶다. 표범도 무언가 사냥감이 있어서 따라갔을 것이다. 열심히 따라갔으나 바로 앞에서 달아나는 녀석이 너무 빨랐다. 늙고 지친 표범은 그 이상 따라갈 수가 없고 지치고 힘들어 그 자리에 쓰러지고 말았을 것이다. 그게 그의 최후였다. 기름도 떨어진 빈 차에 앉아 갑자기 킬리만자로의 표범 생각이 났다. 뭔가를 쫓아 열심히 따라갔으나 결국 못 잡고 너무 지쳐 쓰러진 표범 생각이 났다. 그의 마지막 숨소리가 들리는 듯하다. 한참을 그러고 있다가 '이대로는 안 돼. 나는 표범이 아니야. 정신 차려 이 녀석아!' 그러고 보니 길 아래 개울물 소리가 들린다. 씩씩거리는 표범의 거친 숨 대신 개울물 소리가 들린다.

아래로 내려갔다. 정신을 차리려고 물을 손으로 뜨니 주르륵 흘러 빈손이다. 이마저 이럴까. 그렇게 있는데 길에서 빵빵 경적이 들려 고개를 들어보니 경찰차가 왔다. 덜컥 음주 운전부터 겁이 났다. 순간 내 기지가 움직였다. 길에 올라가니 경찰이 어디 가는 길인지 묻는다. 그제야 보니 펜실베이니아 경찰차였다. 마누라와 싸워서 홧김에 드라이브를 나왔는데 자동차 기름이 떨어져 차를 세우고 술 한 잔 하고 있었다고 말했다. 시골 경찰이라 그런지 인심이 좋았다. 비상용 기름을 넣어주고 경찰 한 사람이 내 운전석에 앉아 산 넘어 모텔로 나를 데려다주었다.

이튿날 산장의 아침은 근사했다. 그리고 내 정신도 맑아졌다. 내 숙소인 오하이오까지 한참이나 걸리는 곳이었다. 이번엔 천천히 차를 몰아 숙소로 돌아왔다. 토요일 저녁이었다. '좋아, 내년에 다시 하자.' 내 마음은 확실해졌다. 그리고 다음 주 월요일, 숙소에 돌아와 행여나 하고 우편함을 여니 예일대학교에서 편지가 와 있었다. 편지 봉투가 얇은 것을 보니 합격이다. 떨어지면 할 말이 많은 게 미국이다. 실망 주지 않게 거절하려니 할 말이 많다. 합격한 사람한테는 짧은 글귀가 전부다.

"우리는 당신의 합격을 축하합니다."

통지서를 들고 내가 한 첫마디, "역시 넌 천재야." 그 전과는 달리 좀 더 큰 소리로!

그런 와중에 어떻게 킬리만자로 생각을 했을까? 헤밍웨이 소설로 더욱 유명해진 그 산은 동물의 낙원 세렝게티와 이웃하고 있다. 거기는 마사이족이 살고 있는데 소위 말하는 현대 질병이 거의 없는 건강한 종족으로 의학계에선 유명하다. 그걸 공부하기 위해 이희수 문화기행단과 함께 두 번이나 찾아간 인연이 있다.

교환학생이 되어

　　미국의 예일대학교에서 1년간의 수련을 마치고 나니 그제야 정신이 좀 드는 것 같다. 그 대학의 정신의학 학풍은 처음부터 끝까지 철저한 프로이트의 정신분석 학파다. 그때 교수님이 1시간당 치료비를 200~300달러 정도 받았다. 그런 치료 과정을 1주일에 2~3회씩 몇 년을 계속 받는 환자가 있었다. 나는 고개를 흔들었다. 처음으로 내가 이 대학에 온 것이 은근히 후회되었다. 거기다 내가 여기 온 큰 이유 중 하나는 립턴 교수 밑에서 공부를 하고 싶었던 것인데 아뿔싸, 내가 여길 오는 해에 교수님은 극동 문제 전문가로서 외교 자문으로 여러 나라를 다녔다. 난 완전히 닭 쫓는 개처럼 되었다.

지도 교수를 찾아가 내 고민을 상담했다. 마침 교수님이 한 국전에 참전한 경력이 있어 내 고민을 잘 이해해 주셨다. 그렇다. 한국에 그 비싼 진료비를 감당할 사람이 몇이나 되겠어, 그러더니 네가 공부하고 싶은 대학, 교수님 성명과 주소를 적어와라. 우리 스케줄과 잘 맞춰 보내주마. 그래서 날 교환학생처럼 콜럼버스대학교, 하버드, 코넬대학으로 몇 달씩 보내주셨다. 정신 약물학, 제3 정신요법, 뇌과학적 이해 등을 배웠다. 그리고 틈틈이 프랭클의 의미치료학도 함께 공부했다. 이것이 나에게 아주 좋은 계기가 되었다. 귀국 후, 이때 배운 지식으로 환자를 보고 학생들을 가르쳤다. 그 당시엔 거의 모든 정신과 학풍은 프로이트 일색이었다. 특별히 다른 분야에 관심이 있는 교수들은 자기 전공 분야 공부를 위해 다른 대학교로 원정 수업차 떠나기도 했다. 정신 약물이 사용되기 시작한 지 몇 년 되었으나 어느 대학교든 프로이트의 정신분석학이 주류였다. 특히 예일대학교는 내가 가던 해 처음으로 정신 약물을 쓰기 시작한 철저한 프로이트 학파가 주류였다.

이곳저곳으로 기웃거리고 다니는 사이 예일대학교에서는 맥케니 교수Dr. Mckegney가 주임인 정신상담의학과에 소속되었다. 여기도 내겐 참 의미 있는 좋은 수련 기간이었다. 주로 암 환자들이 많았는데 이들에게 몇 년이나 걸리는 정신분석적 치료보단 인생의 의미에 대한 진지한 치료적 대화가 큰 도움이 되었다고들 환자들이 좋아했다. 그리고 내가 짧은 기간이나마 거쳐 간 대학에서의 수련 경험은 한국에서도 그대로 유용하게 적용되었다.

천재 망상증이
깨지는 날

미국 예일대학교에 다니던 시절 나의 첫 룸메이트는 스티브 샌필드라는 녀석이었다. 나는 바쁘게 저녁을 먹고 도서관에서 문헌을 찾아 내일 일과를 준비한다. 스티브는 저녁을 먹고 병원 뒷마당에서 농구를 한다. 초저녁엔 몇몇 사람들과 함께 농구를 했지만, 시간이 지날수록 사람들은 돌아가고 스티브는 끝까지 남아 혼자서 농구를 했다. 농구를 잘하는 것도 아니었다. 혼자 쉬고 농구를 하길 반복하며 시간을 보내고 거의 밤 10시는 지나야 방으로 돌아온다. 간단히 샤워하고 그제야 책을 펼쳐 들어 공부했다. 그것도 침대에 누워서 고작 30분 정도만

하곤 병원 앞에 있는 도넛 가게에 간다. 나는 내일 있는 집담회 준비에 정신이 없는데 녀석은 꼭 나를 데리고 갔다. 도넛 가게에서 커피를 몇 잔 마시고는 다시 방으로 돌아와 침대에 누워 책을 읽는다. 그러다 문득 녀석을 보면 어느새 깊게 잠이 들어 있곤 했다. 항상 그 녀석은 그랬다.

그런데도 녀석은 콘퍼런스엔 발표는 물론이고 어려운 대목의 해석까지 모르는 게 없었다. 언제 거기까지 공부했는지 나를 깜짝 놀라게 한다. 나는 밤을 새우다시피 준비했는데도 스티브는 물론, 다른 동기들 수준을 따라가기 힘들었다. 나는 이때 내가 그간 은밀히 지녀왔던 천재 망상증이 영락없이 무너지는 아픔을 견뎌야 했다. 스티브와 룸메이트를 한 것은 나를 위한 대학의 특별 배려였다. 이 녀석은 학교에서 달리 취급하는 천재라 내 공부에 도움이 될 것 같아서다. 이미 학위를 세 개나 따고 스물이 이제 막 지났음에도 농구 실력 외에는 천재성이 빛났다. 녀석은 졸업 후 애리조나대학교에서 교편을 잡았는데 그 이후에도 나한테는 여러 가지 면에서 도움을 준 고마운 친구였다. 얼마 전 자기 아들이 삼성에 근무하게 되었다고 한국을 방문해 참 오랜만에 회포를 풀기도 했다.

스티브와의 생활이 내겐 큰 위협이었다. 나의 천재 망상증이 붕괴되었다. 나 자신이 초라하고 불쌍하기까지 했다.

"이제 난 왜 미치지도 않지?"

조증 환자의 심경이 참 깊이 이해가 되었다. 그래, 이젠 분수를 지키자. 엉뚱한 소리 말고 차분하게 내 있는 그대로의 모습을 그려낼 수 있는 예지를 발휘해야 할 때다. 제법 분수를 지켜 합리적인 기획을 할 수 있기까지 한참 시간이 걸렸지만, 이 위험한 고비를 어쩌면 이렇게 슬기롭게 넘길 수 있지? '역시 난 천재야.' 이러쿵저러쿵 이 문제에 관한 한 더 이상 생각을 하지 않기로 했다.

대학 산장

대학 산장의 멋을 빼놓을 뻔했다. 예일대학교의 음악 산장은 그리 멀지 않은 곳에 있어서 주말에 쉽게 다녀올 수 있다. 언제나 음대생들의 아름다운 연주를 들을 수 있는 곳이다.

그러나 등산이라는 이름이 붙은 큰 행사는 그리 간단치가 않다. 금요일 일찍 떠나야 한다. 뉴헤이븐에서 5~6시간은 걸려야 산허리에 있는 대학 산장촌에 도착한다. 먼저 예약을 해도 도착했다는 등록을 마쳐야 한다. 점심을 먹고 부지런히 달려왔는데도 벌써 산은 어둡다. 뉴잉글랜드에서 높은 산들은 역대 대통령 이름 순서대로 명명되어 있다. 우리 산장은 제퍼슨 산Mount

Jefferson 산허리에 있었던 것 같다. 거기는 예일대학교뿐만 아니라 아이비리그 산장촌도 있다. 유명한 대학 산장 촌이 다 모여 있었다.

간단한 등록을 마치면 내려가서 아주 간단한 식사를 할 수 있다. 담요와 간단한 침구를 배급받으면 우리 일행은 모두가 대학원생이라 열정 넘치는 대학생들에 비해서 늙다리에 속하기 때문에 일찌감치 숙소에 들어갔다. 내일도 긴 날이 기다리고 있기 때문이다. 대학생들은 그런 생각도 안 하는지 오랜만에 만난 다른 학교 학생들과 환담에, 기타에, 산장 분위기에 푹 빠져든다.

이튿날 아침에 일어나 식당에 가면 어제저녁보다 더 간단한 식사가 준비되어 있다. 선택지는 없다. 달걀부침 두 개, 팬케이크, 정말 싱싱한 메이플 시럽이 큰 그릇에 가득 담겨 있다. 커피와 함께 제공되는 아침 식사는 그게 전부다. 하지만 그보다 맛있는 아침을 먹어본 기억이 없다. 식당을 나서면 도시락이 준비되어 있다. 이제부터 산행이 시작된다. 6월인데도 산골짝엔 아직도 눈이 남아 있다. 한나절 어슬렁거리며 올라가면 중간에 휴게소가 나온다. 나이 든 사람은 여기가 종착점이다. 하지만 고개를 들어보면 아직도 산 정상은 까마득히 멀리 있다. 부지런하게 스키를 타러 온 사람들이 벌써 시원한 활강을 하고 있다. 골짜기에 남은 잔설을 이용해 내려오려니 상당한 기술과 용기가 필요하다. 험한 바위들이 즐비하므로 이걸 피해 잘 내려와야 한다.

내가 놀란 것은 연구실에 함께 일하는 가냘픈 스지라는 연구원이었다. 어딜 갔나 두리번거리고 있는데 스키를 빌려 메고 나오는 게 아닌가. 아니 얘가? 내가 깜짝 놀라 말리는 시늉을 하니 해마다 타는 것이니 괜찮다는 것이다. 문제는 올라가는 길이다. 거기서부터는 스키 리프트도 없고 걸어 올라가야 한다. 상당히 경사가 급한 미끄러운 눈길을 올라야 한다. 산 정상까지 빨라야 두 시간은 족히 걸린다. 학생들은 하루에 고작 두 번만 스키를 탈 수 있는 셈이다. 안 넘어지고 안 다친다면 말이다. 오전에 한 번, 점심 먹고 한 번. 스지는 한 번만 탈 계획인가 보다. 비탈길에 붙어 올라가고 있다. 나는 거기서 '아메리칸 스피릿American Spirit'을 지켜보고 있었다. 이들에겐 지금도 서부의 개척정신이 살아 움직이고 있구나 싶었다. 그쯤 미국은 달에 가는 꿈을 키우고 있었는데 저 정신으로 달에 갈 수 있나 보다 싶었다.

조 신부님과
장작 훔치러 간 날

　　예일대학교는 가톨릭대학교도 아닌데 신부님이
두 분 계신다. 주임 신부는 아주 근엄하고 카리스마 넘치는 진짜
신부님 같다. 너무 엄해서 우리가 가까이 잘 가지도 않는다. 또
한 분, 조 신부님은 폴란드 출신인데 한마디로 장난꾸러기다. 우
리 기숙사에 문제가 생기면 거기엔 반드시 조 신부가 범인이다.
토요일 밤이면 으레 휴게실에 모여 노래도 하고 흥겨운 만담도
나누고 참 즐거운 밤을 보낸다. 그 주역은 역시 조 신부님이다.
폴란드 출신이라 영어도 서툴고 발음도 독특해서 그 자체가 웃
긴다. 우리가 잘 못 알아들으면 닥터 리는 한국 사람이니 그렇다

치고 넌 미국 사람이면서 아직도 영어를 못 알아듣느냐고 핀잔을 준다. 아무도 알아듣지 못하는 폴란드어로 한참 떠들어대는 것 같다.

그날은 토요일 밤인데도 손님이 별로 없었다. 신부님이 나가신다. 방마다 문을 두드렸다.

"야, 이 사람들이 토요일 밤에 무슨 공부를 한다고 그 모양들이냐."

어쩔 수 없이 불려 나온다.

"장작이 다 떨어졌다. 넌 오늘 지각했으니 장작 훔치는 당번이야."

병원에서도 장작 인심이 아주 고약해서 한두 시간만 지나면 방으로 돌아가야 한다. 그럴 때 조 신부님이 나선다. 커다란 밴차량을 몰고 좀 한가한 집 현관에서 조 신부는 망을 보고 우린 장작을 한 아름씩 훔쳐 나온다. 그날도 무사히 잘 지나나 싶더니 갑자기 그 집 현관문이 열리면서 주인 할머니가 인사를 했다. 신부님도 미처 피할 여유도 없이 딱 맞닥뜨린 것이다.

"신부님, 추운데 안에 들어와서 기다리세요. 젊은이들 작업 끝날 때까지."

그리고 우리를 향해 고함친다.

"이보게들! 그쪽은 비를 맞아 불이 잘 안 붙을 테니 이쪽 창고 안에 있는 걸 가져가!"

이런 인심이? 우린 살았다 싶었는데 조 신부는 한술 더 뜬다.

"저 혹시 먹다 남은 와인이라도 있을까요?"

"먹다 남은 건 없고 새것은 있습니다."

하고는 창고에서 와인 서너 병을 가져오는 게 아닌가. 장작 훔치러 여러 군데 다녀봤지만 이런 집은 처음이다.

"메리 크리스마스. 연휴 잘 보내시고 복 많이 받으세요."

우리 모두는 진심으로 큰절을 하고 나왔다.

눈 오는
아침

막냇동생이 중학교에 다닐 때 이야기다. 미국에 유학 중인 나에게 편지가 왔다. 눈이 이렇게 많이 오는데 형이 사는 미국은 괜찮으냐, 눈길 조심하라는 편지였다. 녀석은 평소에도 나를 잘 따르고 좋아했는데 안부에 눈 조심하라는 당부까지. 참 고맙다. '안형아, 눈 걱정까지 해줘서 고맙다. 그러나 여기 미국은 눈이 아주 많이 오지 않는 한 교통이 막히진 않는다. 왜냐면 눈이 조금만 와도 염화칼슘을 뿌려 길이 얼지 않기 때문이지. 부자 나라라 다르지?' 대충 이런 내용의 답장을 썼다.

문제는 다음 편지였다. 형은 '거짓말쟁이'라는 제목으로 쓴 편지다. 미국이 아무리 돈 많은 부자라도 그 넓은 천지에 소금을 어떻게 다 뿌리느냐며 친구들이 자기를 거짓말쟁이로 놀리니 형 소금 뿌리는 사진을 긴급 편지로 보내달라는 것이다. 그게 사실인지 녀석도 은근히 걱정인 모양이다. 난 곧장 그 사진을 구하러 동분서주했다. 때마침 계절이 한여름이라 눈에 묻힌 도시 사진을 구하기 쉽지 않았다. 시 공보과에 가서 사정했더니 눈 치우는 사진하며 염화칼슘을 뿌리는 사진을 한 보따리 보내줬다.

"동생이 거짓말쟁이로 몰리게 되었다."

이 말이 효과가 있었던 모양이다. 공무원도 처음엔 시큰둥하더니 동생 이야기를 하니까 그제야 겨울날 도시 사진을 펼쳐놓고 친절하게 찾아준 것이다. 이 이야기까지 써서 편지로 동생에게 보냈더니 자기네 반에 바로 자랑한 모양이다. 같은 반 아이들이 박수를 치고 선생님은 아이의 순수한 마음에 상처를 주지 않기 위해 사진을 찾아준 공무원 마음이 참 아름답다며 칭찬했다고 한다.

"진짜라니까!"

이젠 이 말을 하며 핏대를 올릴 필요가 없다. 이젠 한국도 눈이 오면 재빨리 제설 작업에 염화칼슘을 길에 뿌린다. 우리가 이렇게 빨리 따라갈 줄 누가 알았을까. 눈이 오면 정형외과와 응급실이 바빠진다는 말도 이젠 옛말이 되고 말았다.

그런데도 사람들은 눈 오는 아침이면 미끄러운 길을 조심하느라 진땀을 뺀다. 눈이 오면 길이 미끄러운 것이 자연스러운 일이요, 이치가 아닌가. 새하얀 눈이 내리는 아침이면 만나는 사람마다 행복한 인사라도 나누자. 길이 미끄러운 걱정보다 아름답고 포근한 세상을 그리며 살아야 하는 게 훨씬 더 인간다운 일이 아닐까.

세니

　예일대학교 캠퍼스는 1년에 한 번 도서관은 물론
이고 전교에 불이 꺼지는 날이 있다. 12월 31일, 신년 전야New
years eve다. 대학 전체가 깜깜하다. 혼자 앉아 있으려니 무료하다.
문득 오늘은 타임스퀘어로 가보자는 생각이 들었다. 새해 카운
트다운을 하며 옆에 모르는 사람과 키스도 한다니 그것이 사실
인지 확인도 할 겸 차를 몰고 나갔다.
　초저녁부터 눈이 내리기 시작했다. 시간이 많이 남아 차를
천천히 몰고 허드슨강을 따라 뉴욕 끝을 향했다. 드디어 뉴욕의
끝, 자유의 여신상 근처까지 왔다. 근처를 어슬렁거리는데 저 멀

리 버스 정거장에 동양 학생 같은 차림의 여성이 혼자 서 있었다. 내가 차를 몰고 가까이 가서 "태워줄까"라고 물었지만, 말을 못 알아듣는 것 같아 손짓으로 겨우 내 의사를 전했다. 그녀는 일본에서 막 도착한 일본 학생이고 뉴욕도 영어도 처음이라고 했다. 다행히도 내 짧은 일본어 실력에 우린 서로 안심했다. 그리고 차에 붙은 예일대학교 주차증을 보고 그녀는 더욱 안심하는 눈치였다.

우린 일단 근처 가까운 바를 찾아 몸을 녹이기로 했다. 바에 들어가 맥주 한 잔을 마시기도 전에 그녀는 완전히 녹초가 돼버렸다. 결국, 테이블에 엎드려 잠이 들었는데 술집 주인에게 도움을 요청해 그녀가 묵고 있는 호텔을 알 수 있었고 어쩔 수 없이 거기까지 데려다줘야 했다. 호텔 직원의 도움을 받아 방에 갔더니 아직 짐도 풀지 않은 채로 호텔 최고의 방에 머물고 있었다.

밝은 불빛에 보니 이 여자애는 얼굴이 핼쑥한, 누가 보기에도 환자였다. 가방에도 일본에서 뉴욕으로, 5번가 병원으로 가는 메모가 붙어 있었다. 그걸 알고 나니 더더욱 이 아이를 두고 떠날 수 없었다. 타임스퀘어의 꿈도 사라지고 그 아이 옆을 지킬 수밖에 없었다. 나도 피곤했는지 깜빡 잠이 들었다가 아침에 달그락 소리에 눈을 떴다. 그 아이가 일어나 커피를 끓이고 있었다. 우린 처음으로 서로의 얼굴을 가까이에서 볼 수 있었다. 그런데 그 아이가 내 눈을 가리며 자신을 보지 말라고 한다. 그녀의 이름은 '세니'로, 일본의 음대생인데 어릴 적부터 임파선 암으로 고생했다고 한다. 이번에 뉴욕 5번가에 있는 병원에서 치료받을 명목으로 혼자 온 것이었다. 왜 혼자 왔을까? 자신은 평생 혼자 뭔가를 해본 적이 없었다고 한다. 이번 여행이 마지막이란 걸 본능적으로 알고 혼자 떠나왔다고 한다. 눈 오는 자유의 여신상도 보고 싶었고 공항에서 호텔로 이동해 짐을 풀자마자 곧장 밖으로 나왔다고 한다. 그런데 운 좋게도 나를 만난 것이다.

뉴욕의 겨울 낮은 짧았다. 난 약속한 대로 세니를 태워서 5번가 병원으로 갔다. 응접실에 세니의 아버지와 회사 직원들이 초조하게 기다리고 있었다. 병원 진찰을 받는 동안 나는 세니의 아버지와 많은 이야기를 나눴다. 그리고 나는 오후에 실험실 원숭이 사료를 먹여야 해서 돌아왔다.

그런데 목요일이 되자 전화 한 통이 왔다. 그녀의 아버지였다. 세니가 그제 밤 세상을 떠나 화장을 마치고 귀국하던 길이라고 했다.

"선생님, 감사합니다. 세니가 살아야 했던 18년을 선생님이 하루 저녁에 다 살아주셨습니다."

창문을 열고 나는 겨울 하늘을 향해 빌었다. 하느님, 세니를! 이게 내 평생 처음으로 하느님을 찾은 날이다. 그 말도 소용이 없었던 것 같다. 세니, 잘 가!

GIVE ME
NaCl

    학교를 마치면 대구 역전에 있는 미국 공보원에 자주 들렀다. 손님들이 있지만 대개 자기 공부를 했고 도서관에서 책을 빼내 읽는 사람은 흔치 않았다. 그런데 난 기왕이면 영어책을 읽으려고 노력했다.

    어느 날 계단 옆에서 책을 읽고 있는데 고르보 원장Dr. Gorbo이 책을 한 권 주시면서 읽어보라는 것이었다. 그게 유명한 『노인과 바다』였다. 그리 어렵지도 않았다. 난 그날 이후 헤밍웨이의 열렬한 팬이 되었고, 얼마 후 노벨상 수상자를 발표한 날엔 원장이 나와 함께 저녁을 먹자며 축하했다.

그렇게 원장과 친해지자 나는 슬슬 공보원에서 오래되었다는 이유로 버려지는 책들이 탐이 났다. 책을 버리는 모습에 깜짝 놀라 그걸 우리 경북대 도서관에 기증해 줄 수 없느냐 물으니 아, 그것 참 좋은 생각이라고 대찬성했다. 난 이튿날 경북대 도서관장에게 사정을 알렸고 관장 역시 좋은 생각이라고 무릎을 쳤다. 그 뒤부터 공보원 지하 저장고에 있는 책들이 신간과 함께 우리 대학교로 운반되었다.

우리 총장님도 기뻐하시며 그날 공보원장에게 저녁을 대접했다. 나도 물론 말석에 앉아 함께했는데 사무장이 총장에게 은근히 건의하는 소리가 들렸다. 이시형 군이 도서관을 위해 한 일이 많은데 올해 특별 장학생으로 추천하면 어떻겠느냐는 건의였다. 총장도 좋은 생각이라고 응대한 덕에 난 즉석에서 도서관원으로 일하게 되었을 뿐만 아니라 장학금까지 타게 되었다.

총장님이 대구 역전 '호수'라는 서양 식당에 우리를 안내했는데 내겐 아주 생소해서 모든 게 서툴렀다. 어쨌든 저녁을 먹는데 소금이 영어로 생각이 안 떠오르는 것이 아닌가. 하지만 의예과 학생답게 소금의 화학명인 염화 나트륨$NaCl$이 떠올라 궁여지책으로 옆자리에 앉은 원장에게 "염화 나트륨 좀 주세요.[Give me $NaCl$.]"이라고 했다. 원장은 처음에 무슨 영문인지 몰라 어리둥절하더니 그 뜻을 알고 껄껄 웃으며 내가 유머 센스도 있고 참 좋은 학생이라고 진심으로 칭찬했다.

그 후로 도서관에서 내 별명은 NaCl이었다. 기분 나쁜 별명은 아니었다. 상당히 학술적이고 지적인 별명이었다. 나는 무슨 인연인지 별명이 많다. 족히 20개는 넘는 것 같다. 좀 창피한 것도 있지만 NaCl같이 아주 괜찮은 것도 있다. 그걸 그렇게 유머러스하게 받아들인 원장님의 감각도 참 존경스럽다. 당시 공보원은 대구 역전에 있었으나 미국 유학을 다녀오니 우리 대학 병원 건너편으로 이사를 왔다. 원장님도 바뀌고 난 당시 대구 미국 문화원과 인연을 이야기하며 그곳의 단골 연사가 되었다. 미래학회 창설에도 내가 큰 역할을 했는데 그 인연이 지금까지 이어져 오고 있다. 미국의 사회문화적 배경, 동구에서 온 칼럼니스트의 〈뉴욕타임스〉 칼럼 「신참들의 노트」 공부를 함께 하는 등 참 지적인 교환이 많이 되었다. 그 경험은 정말 요긴할 때 큰 도움이 되었다.

언제는 저녁 비행기를 타야 샌디에이고에서 열리는 미국 정신의학회 연설을 할 수 있었다. 그런데 내 여권이 여행사에서 분실되었다는 것이다. 점심시간이 끝나면 KBS 생방송 출연을 마치고 바로 저녁 비행기를 타야 하는데 이게 무슨 낭패인가? 딱한 가지 방법은 분실 신고를 하고 종로구청에서 새 여권을 받아 미 영사관에서 비자를 받아야 한다는 것이다. 나는 점심도 거른 채 먼저 종로구청에 갔다. 구청장이 점심을 먹으러 나오다 만나 바로 여권을 발행해 주었다. 다음은 미국 공보원장에게 내 딱한 시정을 설명했더니 대사관에 줄 시지 밀고 영사 한 분의 이름을 대면서 이분에게 전화하라고 했다. 시키는 대로 했더니 영사가 나와 비서에게 시키지도 않고 직접 비자를 만들어 주었다. 난 예정대로 비행 수속을 마칠 수 있었다. 애가 타는 대행사 직원이 이 긴박한 순간을 함께 지켜보더니 여행사 근무 20년 동안 이렇게 빨리 여권 비자가 나오는 것은 처음 봤다고 했다.

무사히 여행을 마치고 돌아왔는데 여행사가 큰 곤욕을 치르고 있었다. 여권을 분명 대사관에 잘 제출했는데 대사관에서 분실했다고 우긴 것이다. 대사관에서 모든 걸 조사해 보니 여행사 실수로 밝혀져 대사관 대행으로 여권을 심사해 주는 특전이 취소되었다. 그 여행사는 결국 문을 닫게 되었다.

멋진 사회인이 되려면
삶을 즐겨야 한다

미국 의사 시험 (1)

제대하면 미국에 가야 하는데 이게 뭔가, 외국인들이 미국에서 의사 활동을 하려면 시험을 쳐야 한다는 것이다. 시험에 합격하지 못하면 미국에 들어가지도 못한다. 내 후배가 시험 문제집을 내게 가져다줬다. 펼쳐보니 아주 낯설다. 내가 졸업할 땐 듣지도 보지도 못한 내용이다. 후배한테 고백하지 않을 수 없었다.

그런데 후배는 오늘 저녁 맥주나 마시며 송년회를 하자는 것이다. 근무를 마치고 미군 부대 근처의 술집에서 맥주 한잔하고 후배와 함께 집으로 돌아왔다. 녀석은 웃옷을 벗더니 찬물로 등목을 한다. 미쳤나, 이 추운 날씨에? 후배는 나에게도 물을 끼얹었다. 그리고 방에 들어오자 후배는 책을 내민다. 내과 책 최신판이었다.

"이것만 공부하면 시험은 통과합니다."

시험까지 며칠 남지도 않아 우물쭈물할 수도 없었다. 첫 장을 펼치고 이해해 가면서 이 책을 정복해야 했다. 후배 녀석은 졸업 때 수석을 했으니 크게 어려운 것이 없을 것이라 생각이 들었나 보다. 아침마다 내가 어디까지 진도가 나갔는지 점검하고 때로는 구두시험을 치르듯 질문했다. 그걸 이해하면서 완독하는 데 거의 한 달이 걸렸다. 병원에서도 미국 의사 시험을 준비하는 군의관에겐 상당히 관용적이었다. 겨우 첫 완독을 마치니 두 번째 완독은 한결 수월했다. 거의 2주일 만에 두 번째 완독을 끝낼 수 있었다. 고맙게도 후배 녀석이 지켜보고 있어서 게으름을 피울 수도 없고 변명도 통하지 않았다. 시험일이 가까이 다가오면서 한 번 훑어보는데 하루도 걸리지 않았다.

졸업 후에 내 절친 세 명은 각자 다른 길을 걸었다. 둘은 킴스플랜Kim's plan(수련의 입대 연기제도)에 등록했는데, 일단 입대가 보류되었다가 전문의 시험에 합격하면 바로 군의관으로 임명되기 때문에 이를 통해 전문의 과정을 밟았다. 나머지 한 녀석은 곧바로 육군에 입대해 빨리 제대하겠다는 계획을 세웠다. 의대생 시절 이 세 녀석이 날 가르치며 과외했고 졸업 후에는 후배 녀석이 이들을 내신해 날 지도해 주었으니 네 번째 과외 선생인 셈이다. 그 점에서 난 참으로 행운아다. 어느 것도 내 자력으로 된 것이 아니고 개인 지도를 받으며 시험을 치른 셈이다.

새해 첫날 아침에 기습당하듯 시작된 시험 전쟁이다. 시험은 3월 24일, 꼭 석 달 만에 그 어려운 미국 의사 시험을 봐야 한다. 후배 녀석은 나를 다그친다.

"형님은 시험 볼 결심을 하느냐 안 하느냐에 달려 있습니다. 결심만 하면 됩니다."

이게 늘상 내게 하는 충고다. 지금 이 후배는 노스캐롤라이나 대학 비뇨기과 주임 교수로 있다. 이 친구의 부친과 우리 아버지는 명륜전문학교 동창이라 우리는 세교世交 사이다.

미국 의사 시험 (2)

시험 당일. 공군 군의관 동료들과 아침 일찍 열차를 타고 서울로 갔다. 시험은 연세대학교 학생회관에서 치러졌다. 오전에 180문제, 오후에 180문제를 풀었다. 시험 문제지를 받고 나니 하늘이 캄캄했다. 내겐 생소한 문제였다. 이름도 쓴 듯 만 듯 거의 백지 답안지를 제출하고 일찌감치 시험장을 나왔다. 다른 사람들은 모두가 희색 만만한데 난 이게 뭔가. 동료들과 함께 점심을 먹고 나는 곧바로 집으로 갈 생각을 하며 정문 쪽으로 갔다. 어럽쇼? 그 당시 한일회담에 반대하는 시위로 교문엔 비상 계엄군과 탱크가 줄지어 있었다. 교문 출입이 완전

히 봉쇄된 것이다. 할 수 없이 시험장으로 들어갔다. 그런데 이
게 무슨 일인가. 오후 문제는 거의 내가 아는 문제들이었다. 이
럴 수가. 신나게 시험지를 채우고 밖으로 나가니 오전 분위기와
는 완전히 달라졌다. 사람들이 아주 사색이었다. 다른 사람들에
겐 오후 문제가 아주 어려웠나 보다. 기분이 좀 나아졌다. 이젠
결과를 기다릴 수밖에 없다.

　얼마 후 결과 발표를 보니 내가 합격했다. 난 뭔가 착오가 아
닌가 했지만, 나중에 알고 보니 답안지 평가법이 아주 색달랐다.
많은 사람이 정답을 맞힌 항목은 평점이 낮고 상대적으로 적게
맞힌 문제는 평점이 높았다. 오전에 모두 잘 쳤다는 문제들은 평
점이 몇 점 되지 않았다. 대신 오후 어려운 문제들은 평점이 높
았다. 땡큐, 연세대학교. 그날 오후 교문 봉쇄가 없었다면 난 그
냥 집으로 가서 오후 시험은 치르지 않았을 것이다. 이것이 내
운명을 갈라놓은 것이다. 고맙다는 말이 절로 나올 수밖에 없다.

　이제야 미국에 갈 첫 번째 고비를 넘긴 셈이다. 이제 미국 병
원만 지정되면 미국 병원에서 모든 수속을 다 해준다. 그만큼 당
시 미국엔 의사가 부족했기 때문이다. 어딜 가야 하나, 행복한
고민이지만 행복하기만 한 것은 아니었다. 내가 떠나면 우리 집
은? 생각하면 앞이 캄캄했다. 다음 문제는 미국에 가기로 한 이
상 예일대학교에 가야 한다는 것이다. 이건 참 가당찮은 일이다.
누구한테도 말하지 않고 내 도미 수속은 은밀히 진행되었다.

미안해,
대구 공항을 떠나면서

　　이제 미국 의사 시험도 합격하고 여권도 나왔고 비행기 표도 샀으니 미국으로 떠나기만 하면 된다. 아, 그런데 왜 내 발길이 이리 무거운지. 난 차마 가족들에게 미국에 간다는 이야길 할 수 없었다. 내가 없으면 가족들 밥상을 제대로 챙겨 줄 사람이 없다. 그걸 뻔히 알면서 미국에 가려니 입이 떨어지지 않았다. 하지만 이 길만이 내가 생각할 수 있는 길이었다. 미국에 가면 수련생 신분에도 적당한 보수가 나온다. 그런데 내가 가는 길은 좀 별나다. 우리는 의예과 2년 과정만 마치고 의대를 졸업하면 되지만 미국은 학제가 달라서 4년제를 마치고 다시 의대 4년 과정을 마쳐야 한나. 세다가 미국 명문대 PDF(후박사) 과정은 더 복잡하다. 그래도 대학에서 내 형편을 잘 봐줘서 대학원 과정 6개월만 수료하면 된다는 답장을 받을 수 있었다. 이 모든 과정이 겨우 입에 풀칠할 수 있을 정도로 빠듯했지만, 미국 간호사들이 환자들이 안 먹고 남기는 것은 우리 간식을 위해 냉장고에 따로 보관해 주었다. 환자 기록을 정리하면서 그걸 꺼내 먹으면 겨우 한 끼 식사가 된다. 하지만 그 외에 집에 송금한다는 것은 생각도 할 수 없는 처지다. 이쯤 되면 그만 미국행 비행기 표를 찢어버릴까 하는 생각이 든다. 하지만 그것도 잠시, 이 힘든 과정을 주린 창자를 움켜쥐고 견뎌내지 않으면 안 된다. 그땐 또 용기가 난다. 이런저런 걱정을 하다 보니 내일이면 서울행 기차부터 타야하는 날이 되었다. 그날 저녁 무거운 입을 열었다. 난 그 며칠 사이 해인사 홍제암에 가서 사명대사와 좋은 대화를 나누고 돌아왔다. 대사의 말씀은 간단했다.

"무슨 소리 하고 있어. 큰일을 하려면 큰일이 닥치는 법이야."

다시 한번 이 말을 되뇌면서 저녁 시간에 겨우 입을 열었다. 신기하게도 가족들이 대충은 알고 있었다. 형이 무거운 분위기를 깬다.

"집 걱정하지 말고 잘 다녀와."

그리고 어디서 났는지 용돈까지 챙겨줬다. 공항 대기 시간에 배고픔은 면하게 되었다. 난 공군 코트가 딱 한 벌 있다. 이놈을 걸치고 공항에 출영 나온 친구들, 가족과 눈 감고 인사하곤 비행기에 올랐다. 이게 내가 청운의 꿈을 안고 미국에 간 날의 동정이다.

"미안해, 그러나 어쩔 수 없어."

정말 그 말밖에 할 말이 없었다.

잘 넘어간
첫 주

미국에 도착하자마자 바쁜 일과가 시작되었다. 겨우 커피 한 잔 마시고 수련 부장의 지시에 따라 산부인과부터 로테이션을 시작했다. 참 고맙게도 나와 함께 당직을 서는 간호 학생이 예쁘고 친절했다. 그 정신에 무슨 예쁜 간호사냐? 혼잣말로 중얼거리며 당직을 서는데 다행히 그날 출산하는 산모는 없었다. 재수 있게 아주 쉬운 첫날밤을 보낸 셈이다.

일주일 실습이 끝나는 날은 꽤 바빴다. 그러나 어느 산모도 난산이 없어 참 무사히 잘 넘어갔다. 간호 학생이 아주 재빠르게 잘 해줬다. 실습 마지막 날은 둘 다 휴가일이다. 간호 학생 차를 타고 미국 5대 호수 중 하나인 이리호에 갔다. 말이 호수지 끝이 안 보이는 바다 같다. 내려서 호수를 바라보는데 나도 모르게 눈물이 흘렀다. 이게 무슨 주책인가. 간호 학생도 내 기분을 이해하는 듯 저만치 혼자 비껴갔다. 눈을 감으니 미국의 지도와 함께 5대 호수의 그림자가 선명하게 떠올랐다.

'그래, 지금 내가 여기에 왔구나. 잘해야지.'

혼자 중얼거리다 보니 꿈에도 그리던 미국에 와 있다는 게 조금씩 실감이 났다. 간호 학생이 가까이 오더니 내 손을 조용히 잡아줬다.

"더 울고 싶으면 더 울어도 돼."

난 그제야 피식하고 웃었다. 나 괜찮아. 이 순간은 내가 평생 꿈꾸던 순간이 아니던가. 참으로 감동적인 순간이다. 서툰 영어로 지껄였지만, 그 학생이 내 기분을 대체로 이해하는 것 같았다. 어쨌든 처음 미국에서의 일주일은 물 흐르듯 흘러갔다.

이튿날 주임 교수가 문을 빼꼼 열고 들여다보더니 "요즘 이혼이 많다더니 산실이 아주 조용해졌네." 하며 상당히 의미심장한 말을 던지고 사라졌다. 미국의 이혼율이야 세계적인데 요즘이라고 특히 더 많을까, 이 말을 하려다 말았다. 괜히 쓸데없는 말을 하다 말문이라도 막히면 무슨 창피인가. 겁내지 마! 이게 내가 미국 비행기 안에서 몇 번이고 되뇐 말인데 그게 마음처럼 편안해지기가 힘들었다.

내게 많은 도움을 준 간호 학생은 졸업 후 미스 톨레도로 선발되고 항공사 스튜어디스로 취업해 멀리 남쪽으로 갔다. 내가 촌스럽게 군다고 기를 죽였을 수도 있는데 그녀는 전혀 그런 분위기를 만들지 않았다.

내가 한국에서 병원 원장이 된 후 우리 병원이 오하이오의 어느 미국 병원과 자매결연을 맺었다. 그때 톨레도의 내가 인턴 과정을 수련한 병원에서 홈커밍데이를 열어주었다. 그때 멀리서 찾아와 축하해 준 그 친구의 모습이 지금도 내 머릿속에 그대로 남아 있다.

아버지 꿈,
"짐 싸라"

　　내가 인턴을 한 우리 병원 바로 앞에는 '20세기'라는 술집이 있다. 직원들은 일이 끝나면 여기서 한잔으로 목을 축이고 집으로 가곤 한다. 난 술을 잘하지 못하지만 시간 나는 대로 여기에 잘 간다. 우선 사람들과 친해져야 모든 일이 잘될 것 같기도 했고 사람을 자주 만나야 영어 실력도 늘 것 같았다.

　　하지만 술집에 앉아 있는 동안은 도무지 편치가 않다. 무슨 큰 죄를 짓는 것 같다. 난 술을 취할 정도로 마시지 않는데, 그날은 무슨 영문인지 자꾸 술이 당겼다. 거나하게 취해서 흥얼거리며 집에 오는데 어이쿠, 이게 웬일인가. 현관에 아버지가 기다리고 계신다. 깜짝 놀랐다. 모시고 2층 내 방으로 가니 이건 또 무슨 일인가. 아주 예쁜 아가씨가 내 침대에 누워 있는 게 아닌가. 난 제정신이 아니었다.

그러나 아버지는 성을 내거나 손님을 내쫓는 일 없이 예의 바르게 응대했다. 형편이 이렇게 되고 보니 아버지가 더 이상 머물 만한 상황이 아니었다. 아가씨는 인사를 하곤 달아나듯 가버렸다. 아버지가 조용히 말씀하신다.

"짐 싸라."

집으로 가자는 이야기다.

"네? 아버지 그건 안 됩니다."

온몸에 땀이 났다.

기겁하고 일어나니 후유, 꿈이었다. 정신분석적으로 해석하자면 슈퍼 에고 드림Super ego dream, 양심의 꿈이다. 난 그날 이후 술집은 삼갈 수밖에 없었다. 곧 아버지가 나타나실 것 같았다. 아버지는 내가 대학교 4학년 때 돌아가셨다. 꿈속의 아버지는 옛날 모습 그대로다. 짐 싸란 말은 오랫동안 내 귓전을 울리는 아주 싸늘하고 무서운 한 마디였다.

돈키호테와
산초

　　인턴 시절, 나한테 특히 친절하게 잘해주는 조수
가 있었다. 전형적인 아랍인으로 그의 형은 제법 알려진 작가로
이름을 떨치고 있었고, 녀석도 문학 방면에 소질이 많았다. 병원
에서 조수 생활 아르바이트를 하면서 야간 대학을 다니는 아주
근면한 학생이었다. 함께 영화를 보고 오면 영화보다 이 녀석의
이야기가 더 재밌었다. 녀석은 레슬링 선수기도 해서 근육질 몸
매가 탐스럽다. 내게 미국 민요도 가르쳐 주고 때론 자기 집에
초대해서 그 어머님의 구수한 요리 맛을 보게 해줬다.

　　그러나 이런 생활도 길지 않았다. 인턴을 마치고 1년 후엔

또 어디론가 병원을 옮겨야 했기 때문이다. 그런데 문제는 이 녀석, 알AL과의 이별이다. 그와는 그만큼 정이 들었다. 예일대학교는 지리적으로 미 대륙의 동쪽 끝 해안가에 있어서 앞으로 얼굴 보기가 쉽지 않았다. 엄마 집에서 마지막 저녁 대접을 받고 우린 헤어졌다. 곧 만날 수 있으려니 하는 막연한 희망이 있어선지 헤어질 때는 쉽게 헤어졌다. 하지만 우리 둘은 고학생 형편에 장거리 통화도 쉽지 않았다.

어느 날 그는 자신이 입대했다는 소식과 함께 입대 전 일주일 휴가를 받아 나를 찾아오겠다는 말을 했다. 난 우리 교수님의 여름 별장을 일주일 빌려놓고 녀석이 좋아하는 김치 라면을 잔뜩 준비해서 기다렸다. 아무리 둘이 친했다지만 일주일이나 휴가를 함께 지내는 것은 쉽지 않았다. 매사추세츠 호숫가에 있는 교수님의 여름 별장으로 향했다. 깊숙한 숲속 호숫가에 있는 별장은 사방 어디에도 사람 그림자라곤 찾아볼 수 없는 한적한 곳이었다. 별장이라 쥐들도 돌아다녀 녀석은 그게 무섭다고 자신은 차에서 자겠다고 했다.

문제는 이튿날 아침. 나는 일찍 일어나 간단한 아침을 해놓고 녀석을 깨우러 갔다. 한여름이라 모두가 벌거벗은 생활을 하고 있었다. 열린 차 문을 통해 "허니, 아침 준비가 되었어요."하고 아주 애교가 있게 농담을 하며 녀석을 깨웠다. 녀석이 눈을 떠 나를 바라보더니 얼마나 놀라던지 반대쪽 창문을 열고 뛰쳐

나가 작은 호수에 풍덩 뛰어들었다. 놀라긴 내가 더 놀랐다. 두 놈 다 제정신을 차린 것은 한참 뒤였다. 왜 이래? 그때 정신과 의사로서 벼락 진단을 내린 것은 호모포비아homophobia였다. 내가 동성애자인 줄 알고 겁이 났던 것이다. 앞치마를 입고 웃통은 벗은 채 애교를 부렸으니 누가 봐도 부부 간의 아침 대화다. 녀석도 정신을 차리더니 물속에 허우적거리며 보트를 가져오라고 난리다. 미국엔 동성애자가 하도 많으니 호모포비아도 많다. 저녁에 조용히 녀석에게 정신과 의사의 본분을 다해 사정 설명을 하니 그제야 녀석은 깊은 숨을 쉬며 안심했다.

시간이 지난 후 내가 귀국하고 그는 자기 부인과 함께 교사로 임용되었다. 내가 부부 동반으로 한국에 초대했으나 당시엔 아랍인의 입국이 허락되지 않았다. 시간이 흐른 지금도 소식이 감감하다. 그는 지금도 잊히지 않는 좋은 친구다. 그는 나를 돈키호테라 불렀다. 그리고 내겐 참으로 충실한 산초였다.

귀여운
논문 조수들

인턴을 마치고 부족한 4학점을 따기 위해 오하이오 주립 대학교에 임시 수학생으로 등록했다. 밤에는 주립 정신 병원에서 당직의로 근무하며 아르바이트했다. 덕분에 숙소, 식사, 용돈이 한 번에 해결되었다. 문제는 나를 가르쳐 줄 담당 교수가 없었다. 밤에 일하는 병원은 참 적막했다. 응급실에만 불이 켜져 있고 그 넓은 병원은 적막강산이다. 졸업 논문을 써야 하는데 그게 나로선 처음이었고 또 내 영어 실력이 실력인지라 어떻게 손을 써볼 수가 없었다. 당시에는 한국 유학생도 별로 없었는데 대학 앞에 있는 학생 촌에서 한국 학생 둘이 사는 집을 용케 찾아 그 집에서 청소, 식사 준비, 수금원, 우편물 처리 등을 해가며 내 방값 20달러를 벌었다.

　참 고맙게도 건너편엔 미국 여학생 셋이 살고 있었는데 인기가 없는지 데이트도 안 하고 공부만 하는 모범생들이었다. 내게 딱 맞는 학생들이었다. 내 논문을 완성하는 데 정말 큰 도움을 줬다. 이 학생들이 아니었다면 제때 논문을 제출하지 못했을 것이다. 다만 논문이 완성될 때마다 담당 학생들을 영화관에 초대한단 약속만 잘 지키면 되었다.

　함께 사는 한국 학생들은 체육 전공생들이었고, 물리학 박사 학위 과정에 있는 미국 학생도 한 명 같이 살았다. 이 친구도 내게 많은 지도를 해줬는데 왜 여기에 사느냐고 물었더니 한국 학생들과 사는 것이 생활비가 싸기 때문이라고 했다. 각자 월 20달러씩 내면 모든 게 해결된다.

　금요일 저녁 슈퍼마켓 뒤편에 있는 수육관에 가면 개밥을 준다고 하지만, 한국 학생들이 먹는다는 것을 알고서는 고기를 다듬을 때 살도 아주 넉넉히 붙여주었다. 오하이오는 농업이 발달한 주라 인심도 좋다. 꼬리나 내장이 모두 무료다. 그 친구한테 팁 몇 푼만 주면 우리 열 식구 일주일분 식재료가 생긴다. 그렇게 곰탕국에 양배추 김치로 한 끼를 때울 수 있었다. 이런 잔심부름을 내가 다 맡아 하는 조건으로 내 방값 20달러는 무료였다.

　아침에 밥을 한솥 가득 해놓으면 점심도 집에 와서 해결한다. 드니어 논문이 완성될 쯤에 크리스마스 시즌이 찾아왔다. 학생들이 정말 고마워 아주 근사한 파티를 열었다. 그리고 여학생들에겐 영화관도 각자 따로 데려갔다. 당시 인기 있던 영화는 〈마이 페어 레이디My Fair Lady〉, 오드리 헵번 주연의 음악 영화였다. 난 이 영화를 이런저런 사연으로 몇 차례나 봤던지 주제곡을 따라 부를 수 있을 정도가 되었다.

드디어 완성된 논문을 들고 각 주임 교수를 찾아갔더니 자세히 보지도 않고 통과시켰다. 이럴 것을 그렇게 고생했구나 싶었다. 내가 정규 학생도 아니니 자세히 따져가며 볼 필욘 없었을까 싶었다. 하지만 그곳에서의 생활은 내게 참 의미 있는 잊지 못할 추억을 안겨주었다. 학생들과 함께 있으니 좋았고 그중 한 여학생은 큰 농장주의 딸이라 거기서 주말을 지내고 오면 우린 땅콩 등으로 아주 부자가 되었다. 그렇게 생활하고 나니 동생 생각도 났다. 독일에서 미국으로 취업차 온 동생을 태우고 오하이오로 가는 길, 갑자기 동생이 말이 없다. 무슨 생각해?

"형님, 우리 고향 마을 사람들을 여기에 한 트럭 데려다 놓으면 농사도 지어 먹고 잘 살 수 있을 텐데……."

그 말을 듣고 이번엔 내가 말이 없어졌다.

"동생은 다르구나. 고향 생각도 하고."

그곳에서의 생활 중에 잊을 수 없는 것은 한국에서 온 소녀 합창단이었다. 학생회관에서 공연을 했는데 미국 학생들로 꽉

찼다. 제일 마지막 순서로 〈오빠 생각〉을 불렀다.

"서울 가신 오빠는 소식도 없고 가랑잎만 우수수 떨어집니다."

이 대목에서 한국 유학생의 눈엔 걷잡을 수 없는 눈물이 쏟아진다. 둔감한 나도 앞이 보이지 않았다.

.

오랜만의
유도 실력

　　미국에서 근무하던 병원 인턴 중에 남미 청년이 있었다. 별명이 찰리다. 이건 미국인들이 외국인이나 동양인을 무시해서 부르는 말이다. 찰리는 누가 봐도 직원들에게 제대로 대접받고 있는 것 같지 않았다. 그래서 미국인에겐 아주 슬슬 기는데 유독 나한테는 아주 거만했다.

　　그해는 자기 나라 여자가 미스 유니버스로 당선되었는데 이 녀석은 마치 제 마누라가 당선되기라도 한 듯 껑충 좋아했다. 아침에 세수할 때도 물을 양쪽으로 틀어놓는다. 미국 친구가 오면 양쪽을 다 끄고 비켜주는데 내가 오면 세면대를 다 차지하곤 비켜주지도 않는다. 그러나 내 속으로는 같은 외국인이기도 하고 이 병원에 외국인 직원은 우리 둘뿐이니 웬만한 것은 귀엽게 봐주고 넘어갔다. 너무 불쌍해서다. 이 녀석은 그게 진짜 자신이 잘나서 그런 줄 아는지 나한테 유독 우쭐대고 날 무시했다.

크리스마스가 되면 인턴들이 돈을 모아 직원들에게 파티를 열어준다. 그날따라 녀석이 무슨 심통이 났는지 챙겨 든 술을 먹지 않고 쏟아버리곤 또 술을 달라고 떼를 썼다. 난 그게 어찌나 꼴 보기 싫었는지 보다 못해 "찰리, 다 마시고 더 달라고 해."라고 했다. 그랬더니 녀석이 "뭐라고?" 돌아서더니 내 얼굴에 술을 부었다.

"찰리, 왜 그래? 너 일단 2층으로 올라가자."

그랬더니 이번엔 녀석이 내 뺨을 때렸다. 난 더 이상 참을 수 없어 옛날 유도 실력을 발휘해 녀석의 양쪽 어깨를 잡고 땅바닥에 던졌다. 사람들이 모두 박수를 쳤다. 쓰러진 녀석에게 갔다.

"너 셋 셀 동안 2층으로 올라가. 파티가 끝날 때까지 내려오지 마."

그래도 녀석은 움직이지 않았다. 내가 원, 투…… 까지 세니까 서둘러 일어나 2층으로 올라갔다. 이게 내가 처음으로 폭력을 행사한 날이다.

문제는 이튿날 녀석이 우리 방 청소를 하러 들어온 것이다. 내가 세수를 끝낼 때까지 기다리질 않나 나한테 설설 기는 모습이 너무 불쌍해 그리지 말라고 타일러도 겁을 잔뜩 먹은 모습이다. 인턴 생활이 끝날 때까지 계속 그러했다. 나는 병원에서 유도 챔피언이라는 별명이 붙어 이 녀석을 더욱 떨게 했다. 우린 부엌을 같이 썼는데, 그전엔 내 허락 없이 내 음식을 마음대로 집어 먹더니 이후에는 너무 착한 아이로 변신했다. 녀석이 그날 혼이 나고 2층으로 달아나던 모습이 가끔 떠오른다.

선생님도
치료가 필요해

       법정에서 보내온 환자는 대체로 치료에 대한 열의가 없다. 대개 마약과 관련된 범죄이거나 알코올 중독자들이다. 치료 시간에 맞춰 진료실에 나오는 것은 교도소에 가기 싫어서지, 진심으로 치료를 원해서가 아니었다. 진료에 빠지면 즉각 경찰에 보고되어 교도소로 보내진다. 환자는 그게 싫어서 겨우 출석하고 진료받는다. 의사는 지원금을 위해, 환자는 교도소에 가기 싫어서, 이런 마음이니 치료가 제대로 진행될 리가 없다. 둘이 앉아 시간만 보낸다. 치료엔 관심이 없다. 진료실엔 담배 연기만 자욱하다. 치료적인 분위기가 형성될 수 없다.

그닐은 존이라는 환자가 오는 날이었다. 10대 후반의 나이지만 녀석은 벌이 무겁다. 마약과 알코올 중독에 심지어 마약 판매까지 했다. 이들은 이런 마약 판매자들을 푸셔pusher라고 했다. 그날따라 존이 마스크를 쓰고 기침하며 진료실로 들어왔다. 그러곤 내 양해도 없이 창문을 활짝 열어젖혔다. 갑자기 어이없는 일을 당한 셈이다. 미국 사람들은 이럴 때 반드시 주인의 양해를 얻고 창문을 연다. 존처럼 예의 없는 사람은 보기 힘들다. 나를 놀라게 한 것은 여기서 끝이 아니었다. 창문을 열어 놓고 돌아서더니 나에게 대들듯이 한 마디 했다.

"선생님도 치료가 필요해요."

나는 순간 정신이 아찔했다. 나도 담배 중독이다. 난 항상 이 점이 꺼림칙했다. 이것은 내 직업적 양심이다. 내가 뭐라고 응답했는지 기억이 안 난다. 확실한 것은 치료가 끝나 존이 나간 후에 외쳤다는 것이다.

"그래, 말 잘했다. 내가 담배를 못 끊는 것이나 네가 마약을 못 끊는 것이나 똑같다."

그러곤 담배 파이프부터 흡연 기구 전부를 비서에게 줬다. 이젠 끝이다. 중학교 1학년부터 피우던 담배를 쉽게 끊긴 힘들었다. 그러나 난 그날 이후 오늘까지 담배를 만져본 적도 없다. 내가 존을 얼마나 잘 치료해 줬는지는 모른다. 그러나 존은 확실히 내가 담배를 끊게 해줬다.

금연은 말이 쉽지 정말 힘들다. 금연을 결심하고 시행하던 중에 비슷한 꿈을 여러 차례 꾸기도 했다. 어쩌다 담배를 피우는 나를 보게 되는 것이다.

"야, 이놈아! 한 번 끊는다고 결심했으면 그대로 실행할 것이지 그게 뭐냐!"

나는 꿈에도 깜짝 놀라 잠을 깬다. 정신분석적 해석은 슈퍼에고Super ego(초자아) 꿈이라고 한다. 내 깊은 곳의 양심이 나를 꾸짖고 있는 장면이다. 금연이 얼마나 힘든가는 내가 이 꿈을 얼마나 자주 꾸었나를 보면 알 수 있다. 최고의 금연은 아예 담배를 시작하지 않는 것이다. 담배 꿈을 안 꾼 지는 이제 한참이나 되었다. 그러나 어쩌다 술이라도 한잔하노라면, 돌아가는 길에 밤하늘을 향해 담배 한 대 시원히 뿜어내는 그 기분이 지금도 살아 있다. 그 말은 언제나 마음이 약해지면 또 담배에 손이 갈 수 있다는 이야기다. 나는 금연했다는 이 사실 하나만으로 굉장한 긍지를 가지고 있다. 이 말을 자주 하는 배경에도 담배에 대한 미련이 아직도 살아 있다는 증거다.

애연가들을 보노라면 몇 년 끊었다가 또 시작했다는 후회파도 많다. 담배는 백해무익. 더구나 초고령 사회가 되는 이 마당에 담배는 자칫 당신의 건강 생활에 큰 후회를 안겨줄 수 있다.

정신과 교수의
결의

　　내가 생각보다 일찍 귀국하게 된 것은 대학교 4학년 졸업반 후배 학생들의 간곡한 편지가 큰 원인이었다. 총장님, 학장님도 다녀가시고 곧 국가고시를 치러야 하는데 정신과 수업을 받지 못해 시험을 치를 수가 없게 되었다는 간곡한 내용이었다. 그때만 해도 대구엔 정신과를 가르칠 교수가 단 한 분이 계셨는데 사고를 쳐서 교단에 설 수 없게 되었다. 이런저런 고민 끝에 조기 귀국을 결심했고 한국에 돌아와 학생들에게 정신과 수업을 가르쳤다.

　　그러나 이번엔 대학 사정이 만만치 않았다. 유신 반대 시위를 하느라 학교는 휴교하고 전차가 교문을 막고 있었다. 경찰과 정보부 요원들이 학교에 상주하다시피 했다. 수업을 하느라 학교에 자주 방문하다 보니 이들과도 자연스레 친해지게 되었다.

"부탁 하나 합시다. 학생들이 국가고시를 치러야 하는데 그간 정신과 공부를 할 시간이 없었습니다. 대학 문은 잠겼지만 의과 대학은 병원 내에 임상 강당이 있으니 거기서 수업을 해야겠습니다. 내 앞에서 우리 학생들에게 손을 댄다면 내가 칼을 물고 피를 토하고 죽을 테니 그리 아시오."

경찰들은 모두 웃었다. 그리고 다음 날부터 정신과 수업은 병원 안에서 진행했다. 경찰이나 군에서 정신과 학생들만은 손대지 않고 조용히 넘어가 주었다. 학생들은 고맙게도 수업하는 동안은 시위 구호 한 마디 외치지 않고 공부만 했다. 경찰도 학생들의 진심과 교수의 결의를 잘 전달받아 우린 필요한 만큼의 대입 준비를 무사히 끝낼 수 있었다. 모두에게 감사드린다.

단축 수업이 겨우 끝나고 나니 할 일이 없었다. 그때 마침 졸업생 선배 한 분이 대학교에 있던 낡은 테니스 코트를 복구해주어 아주 예쁜 코트로 재탄생했다. 할 일이라곤 테니스밖에 없었다. 테니스 코트엔 나이 든 선배들을 비롯해 젊은 학생들이 어울려 테니스를 하고 있으니 경찰도 손을 대거나 잔소리 한 마디하지 않았다. 그때는 국립대학 체육대회가 열렸는데 교수들과 함께 테니스 시합을 하게 되었다. 우리 실력도 나를 필두로 만만치 않았시만 오랜 전통의 서울대, 신생의 충남대를 이기기 힘들었다. 그래도 재수가 좋으면 준우승을 할 때도 있었고 우승도 한번 할 정도로 기염을 토한 적도 있었다.

시국이 여전히 불안했던 어느 날, 학교에 오니 현관에 퇴학 대상자 27명의 명단이 붙어 있었다. 난 순간 완전히 이성을 잃었다. 그길로 경북대 본부로 올라갔으나 총장실은 이미 굳게 잠겨 있었다. 난 손에 잡히는 대로 의자를 들어 창문을 부쉈다. 제정신이 아니었다. 의대 학장도 오고 시간이 지나니 진정이 되었다.

그러나 문제는 더욱 복잡해졌다. 내 교수직 사표 때문이다. 보직 사표도 아니고 아예 교수직 사표를 낸 것이다. 당시 야당색이 짙은 〈동아일보〉에선 내 기사가 전면 보도되는 등 우리 학교는 완전히 뒤숭숭해졌다. 서울의 몇몇 대학에서 나를 자기 대학교로 초청했지만 난 한국에선 교수를 하지 않기로 결심했다. 그러나 사표 수리가 안 되는 것이었다. 인사 담당자는 사표 수리가 안 되었는데 현직을 떠날 수 없다고 하고 학교 측은 시간이 지나도 소식이 없었다. 1년이 지나도 감감무소식. 겨울 방학을 기점으로 총장님에게 내 결심을 재천명하고 사표 수리가 되든 말든 난 떠나겠다고 일방적으로 선언, 당시 대학 병원은 아니었지만, 명문이었던 고려병원(현 삼성 강북병원)으로 옮겼다.

이 결단은 나로선 참으로 하기 어려운 아픈 결단이었다. 나는 교수직이 좋았다. 사람마다 자기 하는 일이 적성에 맞는가를 생각해 본다. 내겐 교수직이 딱 맞았다. 사회정신의학을 공부하다 보니 강연 폭이 넓었다. 그리고 난 천성적으로 유머가 좋다. 내 강연은 청중이 배를 잡고 웃는다. 그런 시원한 강연을 하고 난 후면 내 속에 있는 잡다한 생각들이 다 쏟아져 나간다. 아주 속이 후련하다.

　하루에 몇 시간씩을 강연해도 피곤한 줄 몰랐다. 나는 진정 강연 자체를 즐겼다. 난 강연을 일이라고 생각한 적이 없다. 끝나면 우레와 같은 박수로 화답을 받는 것도 기분 좋은 청량제 같고 큰 보람을 느낀다. 어디서든 초청만 해준다면 불원천리 찾아간다. 날 찾아주는 사람이 이렇게 많다니? 내 자존심이 하늘을 찌른다. 대학을 떠났지만, 다른 대학에서 특강을 하고 석좌교수를 맡는 등 강의할 곳이 많아 난 정녕 행복하다.

골프와 양심

서울에 상경하고 나서부터 평소 즐기던 테니스를 더 열심히 쳤다. 내 테니스 파트너는 정형외과 주임 교수였다. 어느 날 파트너가 "이 박사, 이젠 테니스 그만두셔야겠다."라고 한다. 나에겐 사형 선고나 다름없는 말이었다. 하긴 이 말이 나오기 전에 내 몸 상태는 더 이상 테니스를 치면 안 될 상태라는 것을 느끼고 있었다. 허리 디스크, 무릎 모두 만신창이였다. 마지막 테니스 경기를 치르고 나니 무언가 허전하다.

그전까지 거들떠보지 않았던 골프를 시작했다. 야외 스포츠를 즐겼던지라 아무것도 하지 않고 실내에만 있으려니 견딜 수가 없었다. 난 확실히 운동 소질은 있는 것 같다. 골프를 시작한 지 얼마 되지 않았는데 병원 직원들의 시합에서 내가 단연 두각을 드러냈다.

그러나 작은 갈등이 움트기 시작했다. 친구들하고 게임을 하면 필연적으로 내기 시합을 한다. 그날도 그랬다. 내 공의 위치를 살짝만 변경해 주면 아주 멋진 샷이 나올 것 같았다. 마침 동료들도 캐디도 저만치 떨어져 있고 아직 아무도 내 공을 보지 못했다. 내가 살짝 발로 밀어도 알아챌 사람은 없었다. 문제는 내 작은 양심이다. 그래도 내기까지 걸렸으니 발로 공을 슬쩍 건드렸다. 누가 보지나 않았을까 가슴이 두근두근했다. 다행히 아무도 본 사람은 없었다. 하지만 내 양심이 자꾸 울어댄다. 그렇게 겨우 진정을 하고 공을 치면 꼭 오타가 나온다. 인간은 양심에 찔리면 몸에 영향을 미친다. 꼭 정신과 의사라서 하는 진단은 아니다. 그러면 안 되는 줄 알면서 비슷한 상황이 오면 또 그 못된 악습이 발동한다. 아무도 못 봤지만 내 작은 가슴에 눈이 있다. 다신 안 해야지, 다짐해 봐도 영 기분이 안 좋다. 얼마간은 정직하게 공을 치지만 또 유혹이 발동하면 나쁜 습관이 나와 그것만으로도 기분이 나쁘다. 내가 이걸 고치지 않는 한 골프는 안 하는 것이 내 정신건강에 좋겠다.

일단 내기 시합부터 하지 않기로 마음먹었다. 그러던 중, 새로 당선된 대통령이 골프를 안 치겠다고 선언했다는 소식을 들었다. 그래, 잘됐다. 나도 그만두자. 당시 난 병원장을 맡고 있었는데 내 얼굴도 제법 팔려서 골프장에서 무슨 일이 생기면 적지 않게 망신당할 수도 있었다. 그날 이후 난 깨끗이 골프를 포기했다. 물론 지금은 허리가 아파서라도 못 친다.

드문 환자,
왜 이젠 미치지도 않습니까?

 나의 짧지 않은 임상 경험에서 좀처럼 잊히지 않는 환자가 몇 있다. 달동네 이발사 이야기도 그중 하나다. 그 이발사는 동생이 둘인데 아주 말썽꾸러기였다. 그날은 동생들이 폭행죄로 경찰에 체포되어 유치장 신세를 진 날이었다. 피해자들 합의금으로 급전이 필요했지만 수중에는 그럴 돈이 없었다. 여기저기 돈을 빌리러 다녀봤지만 허탕이었다. 그런데 저녁이 되자 돌연 이발사는 자신이 부자가 되었다며 횡설수설하기 시작했다. 결국, 동네 이웃 손에 이끌려 우리 병원에 입원했다.

 이발사는 누가 봐도 조증 상태였다. 동료들에게도 차를 한

대씩 선물하고 나에게도 선물하겠다고 큰소리를 쳤다. 일단 응급 약물 치료를 했지만, 워낙 급성 조증이라 좀처럼 약이 잘 듣지 않았다. 그렇게 며칠이 지났을까. 증상이 잠잠해지기 시작했다. 잠도 제대로 자고 밥도 잘 챙겨 먹었다. 간호사들의 기록에도 많이 호전되었다고 쓰여 있었다. 하지만 차츰 현실 감각이 돌아오면서 이번엔 우울증 증상을 보이기 시작했다. 전형적인 조울증의 증상이었다.

상황이 호전되자 퇴원을 했다. 얼마 뒤 경과 관찰을 위해 이발사를 다시 봤을 땐 상태가 아주 좋아졌다. 그러나 환자의 우울증이 걱정되었다. 진료가 끝나고 환자는 진료실을 나가기 전 입을 열었다.

"선생님, 저는 왜 이제 미치지도 않습니까?"

환자의 눈시울이 젖어 있었다. 나도 마음이 좋지 않았다. 얼마나 괴로우면 저런 말을 할까? 차라리 미쳐서 백만장자라고 거들먹대던 그때가 그리운 것이다. 환자는 그다음 진료엔 나타나지 않았다. 시간이 지나고 함께 병원에 왔던 이웃이 사망 진단서를 끊으러 병원에 왔다. 착하고 어진 이발사의 성품으로선 도저히 이 무거운 현실을 헤쳐나갈 힘이 없었다.

"선생님, 저는 왜 이제 미치지도 않습니까?"

오랫동안 내 귀를 아프게 울린 환자의 이 한마디가 내 평생 잊혀질 것 같지 않다. 환자를 진료하다 보면 차라리 미치고 싶다며 그리하여 지금 내가 겪고 있는 아픈 현실이 차라리 미친 세계였으면 좋겠다는 환자도 적지 않다. 차라리 미친 상태로 지냈으면 좋겠다, 현실을 직면하기엔 너무 힘들고 아프다, 그 심경이 이해가 간다. 하지만 그런 게 또한 인생이고 산다는 것이다. 아파야 할 사람이 아프지 않는 것도 병이다.

훔쳐 먹은
떡값

　　모교에서 교수로 재직하던 시절, 주말이면 친구 몇몇과 모여 대구 팔공산에 등산을 갔다. 말이 등산이지 산모퉁이를 겨우 도는 것이 고작이었다.

　　그날은 청명한 가을 하늘에 일찍 등산을 마치고도 귀가하기가 아쉬웠다. 전에는 가지 않았던 길을 선택해 제법 등산 코스다운 길을 따라갔다. 그것이 문제였다. 고개를 넘어 팔공산 뒷길을 따라가는데 날씨가 변덕을 부려 갑자기 폭설이 내리기 시작하더니 순식간에 등산로가 막혀버렸다. 미끄러운 길에 하산을 시작했다. 그러나 동서남북 어디로 가야 할지 눈앞이 캄캄했다.

저 아래 구멍가게가 보였다. 우선 저기로 가자. 주인은 없고 따뜻한 방에 노릇노릇 떡이 잘 데워져 있었다. 아주 먹음직스러웠다. 산을 헤매느라 점심도 먹지 못해 몹시 시장했다. 한참을 기다려도 주인이 나타나지 않자 주인이 오면 떡값을 치르면 되겠지, 결국 떡을 먹기로 의견을 모았다.

그런데 나이 든 영감이 들어오더니 우리 몰골을 보곤 "주인도 없는데 거기 떡 좀 같이 먹읍시다." 하고 자신이 먼저 한 개를 집어 날름 먹는 것이 아닌가. 우리도 따라 먹다 보니 순식간에 떡이 사라졌다. 그 노인이 주인 같기도 하고 행인 같기도 해서 "주인이오?" 하고 물었다.

그러자 노인은 "주인이 아니면 이 눈 속을 왜 돌아다니겠소?" 아주 퉁명스럽게 답했다.

"요기를 못 했으니 라면이나 한 그릇씩 주시오."

그가 주문을 받아 부엌으로 사라지자 우리도 그제야 안도의 한숨을 내쉬었다. 난 그렇게 맛있는 라면은 처음 먹어봤다.

밖에 눈발이 약해지자 우리는 떠날 채비를 했다. 돈 계산을 하는데, 떡값이 포함되지 않았다.

"주인장, 떡값 계산을 해야죠."

"허허, 이 딱한 사람들. 누가 훔쳐 먹은 떡값을 낸단 말이오. 눈이 더 오기 전에 어서들 가시오. 우리 마누라가 오기 전에!"

귀갓길 눈길이 그렇게 포근할 수 없었다. 눈길이 미끄러워

긴장해서인지 모두 말은 없다. 하지만 털보 영감의 유머나 인정 스러운 심성은 우리 모두의 가슴을 참으로 푸근하게 만들었다. 산골 구멍가게 하는 영감님이 어쩌면 그렇게 푸근하고 여유만 만일 수 있을까. 우리는 모이면 가끔 털보 영감의 훔친 떡값 이야길 하고 좋아한다.

내가 하도 떠들어서인가, KBS 〈TV 동화 행복한 세상〉 '훔쳐 먹은 떡값'이라는 제목으로 동화가 상연되었다. 모든 아이들이 그런 어른으로 자랄 수 있으면 하고 빌었다.

멋진 여성

　　LA로 가는 야간 비행기 안, 저 앞에 앉은 여인이 열심히 보고서 같은 것을 작성하고 있다. 나도 이것저것 쓸 것이 많아 끄적이고 있는데 한참이 지나도 그 여자는 꼼짝하지 않고 노트북을 두들기고 있다. 내용은 뭔지 모르지만 뭘 저렇게 열심히 할까. 캄캄한 밤중까지 노트북을 두드리는 그 여인의 모습이 너무 멋있었다. 굉장히 바쁜 비즈니스 우먼인 것 같은데 밤을 새우다시피 저렇게 일을 하는구나.

　　모든 승객이 잠자리에 들었다. 물론 내 일도 있긴 했지만, 그 여성이 멋있기도 했고 궁금하기도 했다. 슬며시 일어나 그 여성

옆으로 갔다. 양쪽 의지에 서류가 잔뜩이다.

"커피 한잔 가져다 드릴까요?"

여성은 깜짝 놀라 쳐다보더니 "감사합니다, 그렇지 않아도 좀 쉬려던 참이었어요."하고 말했다. 난 커피 잔을 들고 그 여성의 옆자리에 앉았다. 궁금한 것도 많았지만 그때 내가 구상하고 있던 칼럼의 주인공을 만난 것 같아 정말 반가웠다. 그리고 비행기 안에서 만난 그 멋쟁이 여성과 잠시 커피 데이트를 하며 나도 어쩐지 국제선의 멋진 남자로 변신한 것 같아 우쭐한 기분이 들었다.

그녀는 유명 제과 회사의 아시아 총책임자였다. 오늘 가족들이 휴가를 같이 가기 위해 공항에서 기다리고 있다는 것이다. 어디로 가느냐고 묻진 않았지만, 비행기에서 내리면 샌드위치를 하나 물고 회사에서 나온 직원에게 아시아 총판 기록을 넘기고 집에도 들르지 못한 채 가족들과 함께 오후 비행기로 남미를 간다는 내용이었다. 아, 이런 여성을 한국에서도 자주 만날 수 있으면 얼마나 좋을까. 아주 좋은 말벗도 되고 세계가 어떻게 돌아가는지 좋은 정보를 얻을 수 있을 것 같다. 더 있으면 방해가 될 것 같아 내 자리로 돌아왔다.

그날 내가 구상하고 있던 여성이 바로 이 여성이었다. 세계를 주름잡고 다니는 여성이다. 당시 나는 우리 병원의 간호사를 대상으로 이런 여성상을 구상하고 있었다. 나는 외국인을 위한 전문 병실을 구상하고 있었는데 우리 병원 누구도 영어를 할 수 있는 간호사가 없었다. 어떻게 하면 이 젊은 여성들에게 자신감을 심어 세계를 향한 멋진 여성이 되게 할 수 있을까를 생각하던 참이었다. 그날 비행기에서 만난 그 여성을 본 순간 내 머릿속엔 저 여자다, 하는 생각이 강하게 들었다.

나는 비행기에서 채 내리기도 전에 노트를 펼쳐 글을 적었다. 그렇게 쓴 책 제목은 『여성 20대 나를 바꾼다』였다. 완성된 책에 우리 병원 전 여직원에게 자필로 사인을 해서 나눠주고 그들의 무궁한 앞날을 기원했다. 현직을 떠난 지 거의 반세기가 지나 요즘 우리 병원에 가면 모든 게 완전히 달라졌다. 모두가 내가 그리던 멋진 국제적 여성으로 변모하고 있었다. 축하합니다. 감사합니다.

아프기라도
했더라면

참 이상한 일이다. 난 지난 40년 넘게 감기·몸살 한번 걸린 적이 없다. 이러다 어느 날 아프면 그대로 저승길로 가는 게 아닌가 싶은 생각도 든다. 그렇다고 내가 하는 일을 줄이기엔 내 형편이 너무 고약하다. 밀려드는 강연, 써야 하는 글만 해도 산더미다. 거기에 난 나름대로 퇴임 후 계획을 세우고 있었다. 학회, 연구재단 설립, 그리고 못 하겠다고 두 달이나 미뤄온 병원장직까지. 내가 쓰러지지 않고 움직이는 것이 내 생각에도 기적 같은 일이다. 그래서 난 병원 이사장에게 사정을 말했다. 보직을 맡지 않게 해달라고. 이사장은 내가 설치는 걸 얼추 알고 있던 터라 내겐 좀처럼 다른 일을 맡기지 않았다. 전임 원장의 임기가 끝나는 3월 전에 신임 원장을 구해야 한다. 그것도 벼슬이라고 원장 하고 싶은 사람도 은근히 많다. 이건 아마 우리 문화권이 벼슬을 해야 인정을 받는 전통이 있기 때문이 아닌가 싶다. 원장도 한 번 못 하고 퇴임한다는 것은 그리 영광스러운 일이 못 된다. 그러기에 난 원장 자리는 걱정도 안 하고 다른 사람이 맡아줄 줄 알았다.

그런데 어느 날 이사장님이 "이 박사가 아무래도 원장을 맡아줘야겠어." 하셨다. 청천벽력이다.

"이사장님. 저한테 보직은 안 맡기겠다고 하셨잖아요."

"알지, 그런데 몇몇 강경파가 있어. 이 박사 아니고는 안 된다는 거야."

날선 구론이 오고 갔다. 평소의 나는 대체로 선배들뿐만 아니고 후배들 이야기도 잘 듣는 편이다. 그러나 이것만은 안 되겠다는 생각이었다. 원장 없이 3월, 4월이 지났다.

4월 어느 날 저녁, 이사장님이 일본에서 내게 전화를 했다.

"이 박사, 나한테 어떻게 이럴 수 있어. 내가 원장 자리에 앉아 결재하는 게 보기 좋아?"

잔뜩 성이 난 목소리다. 평소 이사장님과는 전혀 다른 목소리다. 이렇게 성난 목소리는 처음 듣는다. 난 아무 소리도 못 하고 듣고만 있었다. 이튿날, 과장 회의가 신라 호텔에서 열린다는 통지가 날아들었다. 무슨 일이 있나? 신라 호텔의 화려한 만찬을 앞에 두고 이사장의 인사 말씀이 시작되었다.

"그간 원장 자리가 공석이라 혼란도 있었는데 고맙게도 오늘부터 이시형 박사가 맡아주기로 했습니다."

박수도 나왔다. '네?' 속으로 외친 소리다. 그 자리에서까지 반대하기엔 난 너무 마음이 약한 사람이다. 게다가 그간 이사장님이 나에게 베풀어 준 정을 생각하니 거기서 딴소리는 나오지 않았다. 그래서 입만 열면 바쁘다고 엄살을 떨던 녀석에게 또 한 차례 구실이 생겼다. 바쁘단 소리를 하기에도 너무 쫓기는 생활이었다.

병원장 시절
있었던 일

주차장 사건

병원장을 맡기 전 일이다. 좁은 병원 주차장에 근처 회사 직원들이 얌체 주차를 해놓아서 막상 아픈 환자들 주차할 자리가 없었다. 주차장을 전면 유료화해야겠다는 생각이 들었다. 그리고 병원 직원들도 외부 주차장에 주차하도록 했다. 다행히 병원에 주차하는 원로들에게 주차비를 징수해 외부에 주차하는 직원들의 주차 보조비로 줄 수 있었다. 주차장 차단기를 설치하고 유료화하자는 내 설명을 듣는 이사회 자리는 살벌했다. 신문에도 대서특필되어 병원에서 비싼 진료비에 주차료를 받는다고 신랄하게 꼬집었다.

기자들을 비롯해 주차장 유료화에 불만 있는 사람들을 모두 불러 모았다. 이사장도 저 녀석이 또 무슨 일을 벌이려나 싶었는지 동석했다. 내가 입을 열었다.

"여러분, 주차장이 없는 식당에 갈 마음이 납니까. 여러분이 주차하는 통에 이 좁은 주차장이 언제나 만원이라 아픈 환자가 주차할 곳이 없어 돌아갑니다. 병원이 무슨 유료 주차냐 하셨지만, 병원이니까 주차장도 당연히 환자가 우선이어야 합니다. 우리 병원 모든 직원이 주차비를 냅니다. 이보다 더 좋은 방법이 있다면 말씀해 주십시오. 즉각 그렇게 시행하겠습니다."

회의실은 쥐 죽은 듯 조용했다. 이보다 좋은 대안이 있을 수가 없다. 이사장님의 회심의 미소가 인상적이었다. 병원의 주차장 유료화는 이렇게 시작했다. 다른 대형 병원에서 어떻게 그게 가능했냐고 많은 문의가 들어왔다. 내가 병원장이 되는 데 큰 공헌을 한 것 중의 하나가 주차장 정비였다.

3차 병원이 되기 위해 겪은 일

우여곡절 끝에 원장을 맡고 보니 안 보이던 문제가 보이기 시작했다. 과장 회의를 진행하면서 제일 첫 번째로 나의 제의는 그간 시행되어 온 2차 병원을 3차 병원으로 승격하는 것이었다. 우리는 전통적으로 외래 의존도가 높은 병원이라 3차 병원이 되면 문제가 된다는 지적이 나왔다. 그러나 최고 수준인 3차 병원이 되어야 직원들이 일류라는 자긍심을 갖게 되고 종국엔 우리 병원의 위상을 올리는 데 결정적인 계기가 될 것이라고 말했다. 과장들 반응은 시큰둥했다. 나는 병원장으로서 사무총장에게 3차 병원 신청을 해달라고 부탁했다. 이튿날 신문에 이 소식이 크게 실렸다. 이사장을 비롯해 전 직원이 깜짝 놀랐다. 그달에 외래 환자가 10% 정도 감소했고 모두 나한테 인사도 제대로 하지 않았다. 하지만 외래 환자도 다음 날부터 이전 수준으로 돌아왔고 그다음부터는 오히려 증가하는 게 아닌가. 환자만 증가한 것이 아니다. 3차 병원이 돼서 간호 수가를 비롯해 모든 과의 수가가 덩달아 인상되었다. 병원 경영에 막대한 수익이 보장된 것이다.

영어 수련

영어를 못하면 외국 유학이나 외국 학회에 참석하지 못한다는 것은 의사라면 누구나 공감한다. 원장 이름으로 공문을 발송했다.

모든 해외 연수나 학회 참석은 영어 회화 자격증 6급 이상 소지자부터 가능하다.

와! 특히 젊은 직원들의 불평이 하늘을 찌른다. 보다 못한 이사장으로부터 전화가 왔다.

"이 원장, 영어 공부 시키는 것은 좀 미루지?"

"이사장님. 이것은 절대 양보할 수 없습니다. 대신 직원들 영어 수업료를 좀 지원해 주십시오."

이튿날 또 다른 공문이 원장실로부터 발송되었다.

영어 회화 자격증 취득 과정 수강생 모집
- 강사 및 교육비, 시험 등록비와 야간 수업을 위한 저녁 식사는 병원에서 제공.
- 단, 6급 취득 실패 시 비용 일체를 월급에서 제함.

당시 1인당 수업료는 60만 원이었다. 이러한 공문에 여론이 잠잠해졌다. 70여 명이 등록해 전원 합격하더니 다음엔 직원 전원이 7급 등록까지 마쳤다. 이제 우리 병원 신규 직원은 영어 공부가 필수다.

외래 확장

우리 병원은 100개 병상에서 출발했다. 처음엔 삼성 직원만을 위한 최고급 병원으로 출발했으나 외부 압력으로 일반 환자도 받게 되었다. 삼성에서 운영하는 고급 병원이란 인식이 퍼지면서 환자가 엄청나게 밀려들기 시작했다. 내가 원장으로 취임한 당시는 600개 병상으로 늘어나 3차 병원의 자격이 갖춰졌다. 그러나 그간 국민 개인 보험으로 인해 욕심껏 병원을 증축할 수 없었다. 때문에 약국, 수술실, 응급실, 대기실 등은 초만원으로 앉을 자리는커녕 설 자리도 없었다. 그래서 외래동 증축을 이사장님께 강력하게 권고했다. 겨우 허락이 났지만, 이사장님은 보험 제도 때문에 증축에 관해 무척 조심스러웠다. 증축 공사가 시작되었지만, 그것만으로는 아직도 많이 부족했다. 이사장이 해외 출장 갈 때마다 병원 설계자를 설득해 차츰 외래동이 커져 준공 당시엔 원래 계획보다 두 배나 넓게 되었다. 최근 삼성의 적극적인 후원으로 세계 어딜 내놓아도 부끄럽지 않은 초일류 병원의 모습을 갖춘 기초 작업이 된 셈이다.

내가 원장으로 재직하던 당시 참 힘들었던 일들을 적었다. 직원들의 반대, 경영진의 반대 등 난관이 많았지만 잘 설득하여 오늘의 자랑스러운 강북 삼성병원의 터전을 닦는 데 일조를 했다는 이야기만은 꼭 남기고 싶다.

애연가 협회 부회장

(소비자 보호 연맹)

담배를 피우자고 시위하는 사람은 없다. 담배는 공공의 적이다. 이쯤은 다 알고 있다. 그렇다고 담배 피우는 사람을 마치 범죄자 취급하는 풍토도 건전한 건 아니다. 언젠가 나는 남에게 피해를 주지 않는다면 애연가를 범죄자 취급해선 안 된다는 칼럼을 쓴 적이 있다. 물론 그때 나는 금연한 지 한참이나 지나서 나 개인을 변론하기 위한 건 아니고 사회적 판단을 올바르게 하자는 취지로 쓴 칼럼이다.

그걸 쓰고 나니 다음 날 애연가 협회 회장이 부회장 임명장을 들고 나를 찾아왔다. 애연가들은 대체로 구석에 몰리는 여론인데 내가 애연가 편을 드는 구도가 되고 보니 협회에선 얼씨구 나 하고 찾아온 것이다. 회장도 나와는 친하고 임원들도 나와 친한 사람이 많았다. 거절하기가 아주 난처해져 얼마간만 받아들이기로 했다.

그 후에 한 달에 한 번 열리는 임원 회의에 가보니 회의장이 완전 굴뚝이다. 임원들의 금연지수는 대개 반반이다. 여기는 애연가 보호 단체니까 얼마든지 피워도 되는 양 생각하고 있는 것 같다. 그래서 난 거기서도 언제나 야당이었다. 그들에게 공석에선 금연이 좋겠다는 이야기를 강조했다. 아니면 방을 두 개로 나눠 금연실, 흡연실로 나누자는 이야기를 하니 그게 좋겠다고 의견이 모여 그렇게 하기로 했다. 그러나 그게 엄격하게 잘 지켜지진 못했다. 휴게실이나 화장실, 점심시간 등엔 지켜지지 않을 때가 많았다. 그렇다고 서로가 점잖은 처지인데 약간의 위반에 정색하고 성을 내거나 따지지도 못한다.

나는 이 안에서도 금연 운동을 잘 펼쳐야 우리가 하는 소리가 호소력 있지 않겠냐고 항상 말했다. 내가 하도 잔소리를 하니 회장을 비롯한 임원들 안색이 좋지 않았다. 다행히 당시 우리 회장은 금연가였다.

그래도 몇 해는 부회장직을 맡았던 것 같다. 우선 임원들의 금연 자세부터 다듬는 것이 순서일 것 같아 내가 생각하는 이상으로 오래 직책을 맡았다. 난 그때부터 홍천 선마을 운동을 본격적으로 해야 했고, 선마을의 제1 규칙이자 약속이 금연이어서 그런저런 설명 겸 변명을 늘어놓고 겨우 물러날 동의를 얻었다.

담배를 피우든 안 피우든 어느 쪽도 인격적으로 손상이 가지 않도록 하면서 서로 도와야겠다. 사람의 기호는 다르다는 것을 존중할 수 있어야겠다. 애연가를 죄인처럼 대하진 말자는 이야기다. 끊고 싶어도 전략이 잘못되어 혹은 의지가 약해 도저히 끊지 못하는 사람도 있다. 의지가 약한 사람은 의외로 많다. 담배만이 아니다. 과음, 폭식……. 해로운 줄 알면서 조절을 못 하는 사람도 많다. 다른 건 몰라도 의지가 약하다는 이유로 너무 구박하거나 야단을 쳐선 안 된다. 정신과적인 해명을 하자면 길어지겠지만, 간단히 말해서 그것도 사람이 사는 스타일이자 나름의 개성이다.

직업적으로 피워야 하는 사람도 적지 않다. 담배를 안 피우면 글이 안 써지는 사람, 악상이 떠오르지 않는 사람도 있다. 이건 당장 자기 생활과 직결되는 심각한 문제다. 이 사람인들 얼마나 고민이 많겠는가. 거기다 대고 잔소리를 하는 건 잔인한 짓이다. 담배를 피워야 사는 맛이, 멋이 난다는 사람도 있다. 애연가라면 이웃에 피해를 주지 않도록 최선을 다해야 한다는 사실을 잊지 말길 부탁드린다.

졸업이란 없다

아버지
한숨 속엔

　　내 저서를 훑어보노라면 아버지에 관한 이야기가
거의 없다. 그립다면 엄마지 아버지는 아니다. 아버지는 무섭고
엄한 분이어서 그립고 부드러운 엄마에 비해 자주 생각이 안 드
는 것 같다. 대부분의 한국인은 나와 비슷하지 않을까.

　　그러나 최근 들어 아버지 생각이 간절해질 때가 있다. 아버
지는 성균관 출신의 엄격한 유생이시다. 열세 식구의 가장이라
는 무거운 짐에 억눌려서일까, 잠자리 드실 때면 앓는 소리와 함
께 긴 한숨을 쉰다. 엄한 유생이 아니고 세간을 사는 평범한 인
간다운 모습이다. 그런 아버지의 모습을 지켜보면서 내가 철이

들어서일까. 아버지와의 거리가 좁아질 뿐만 아니라 상당히 가까워지는 기분이 들었다. 뭐랄까, 연민의 정 같은 것도 들면서 저게 아버지의 참모습이 아닐까 하는 측은한 생각이 들었다. 시골 부잣집 맏아들로 태어나, 우리 마을엔 서당이 모자라 영천 낭산 문중에 유학을 떠나, 이윽고 양현고 제도에 합격해 국비 장학생으로 지금의 성균관대학교 전신인 명륜 전문학원에 유학, 청운의 꿈을 불태운 유생이었다.

6·25 전쟁이 터지면서 우리 집엔 본격적인 문제가 생겼다. 대구 공항 서쪽에 있는 우리 마을 전체가 소개 명령으로 떠나야 했다. 아버지의 동생인 삼촌 두 분이 독립운동으로 옥사를 치르면서 맏이인 아버지의 가슴에 멍이 들기 시작했다. 아버지의 신음과 함께 터지는 깊은 한숨은 무언가 우리에게 무겁고 무서운 메시지 같기도 했지만, 정말 무슨 뜻인지 수수께끼같이 머릿속을 맴돌기도 했다. 아버지의 신음과 한숨은 시대의 아픔이요, 가장으로서의 무거운 짐을 잠시나마 내려놓을 수 있는 유일한 위안이기도 했으리라.

요즘에야 아버지의 한숨 속에 묻어나는 깊고 무거운 의미가 전해오는 것 같다. 나는 지난 학기 성균관대학교 교수로 강의를 마치고 학교 뜰에 앉아 아버지의 성균관 유학 시절 글 읽는 소리를 상상해 보았다. 아마 그때가 아버지의 일생 중 가장 빛나는 시절이 아니었을까 하는 생각이 진하게 들었다. 말년의 아버지 한숨과는 격세지감이 있다.

이런저런 상념에 잠겨 있노라니 문득 내 얼굴이 떠오른다. 나이로만 따진다면 아버지에겐 대단히 불경스러운 나이다. 아버지보다 거의 40년 넘게 더 살았다는 사실에 깜짝 놀란다. 미안하고 죄송스럽다. 나이가 많다고 인생을 더 많이 아는 것도 아닌데. 사람들은 노숙한 지혜에 대해 쉽게들 말하지만 난 어쩐지 그냥 텅 빈 깡통이 바람 따라 굴러다니는 그런 모습 같다.

"키만 크다고 어른인가요?"

내가 대학생 때 읽은 김내성 소설의 한 구절이다. 한마을에서 같이 자랐지만 남자는 공부에 쫓겨 바쁘고 여자는 화류계의 꽃이 되었다. 우연히 기차에서 만난 두 사람의 대화다. 남자는 일본 유학까지 하고 왔지만, 세상사에 철들기엔 너무도 미숙하다. 화류계 여성과는 비교가 안 된다. 지난번 시제를 모시고 내려오면서 문득 떠오른 소설의 한 대목이다.

붓과 칼의
힘

     오늘은 칠곡 증산(사루골)에 있는 선형에 제사 모시는 날이다. 왜 이 골짜기까지 오게 되었을까. 함께 간 우리 집 장남 질문이다. 하긴 그 질문은 나도 어릴 적에 했던 것이다. 우리는 경주 이씨라 뿌리가 경주다. 임진왜란이 일어나자 우리 14대 할아버지는 동네 청년들과 함께 산성에 머무는 조선군에 밥을 해 나르고 포화 대신 돌덩이를 나르는 등 요즘으로 말하면 군수 업무를 담당했다. 그러나 당시 소서행장小西行長(고니시 유키나가)을 앞세운 왜군 세력이 너무 강해 어떻게 대적할 힘이 없어 경북 칠곡으로 군을 옮길 수밖에 없었다. 칠곡은 그 유명한 팔공산성 바로 이웃이라 후방 업무를 맡기 너무 좋았다. 산성에는 지금도 당시에 불탄 군량미를 비롯한 전리품이 많이 남아 있다. 대학 시절 야영과 등산을 즐기던 곳으로 유명하다. 당시 거기엔 사명대사가 이끄는 승려 군단과 대구 방위를 위한 관군이 함께 주둔하고 있었는데 관군의 장수가 그리 용감한 편이 아니어서 왜군한테 쉽게 물러났다고 한다. 왜군은 큰 힘을 들이지 않고 쉽게 문경 새재를 넘어 한성으로 입성하게 된다.

여기서 사명대사 이야기를 빼놓을 수 없는데 워낙 명승이라 나라에서 큰 벼슬을 하사했는데도 마다하고 금강산 서산대사 밑에 공부하러 간 분이었다. 그때 이미 임진왜란이 터져 서산대사가 찾아온 사명에게 이른다.

"지금 조국이 풍전등화 운명인데 우리가 한가하게 산에 들어앉아 공부만 할 수 없으니 승려들을 모아 전쟁을 치러야 한다."

처음엔 약 200명이 모였으나 두 대사가 워낙 거물이라 차츰 늘어 승려군이 2,500명을 넘었다고 한다. 당시 서산대사는 70대, 사명대사는 40대라 일선에 군을 이끌고 싸우는 역할은 사명대사가 맡을 수밖에 없었다. 용감한 승려군은 사방에서 적을 무찔러 일본군의 패색이 짙어졌다. 그때 바다에서 들려온 낭보가 이순신 장군의 명량해전 대첩이었다. 그러자 적장 도요토미의 사망으로 전쟁이 끝난다. 새로 집권한 도쿠가와가 한국과 평화 조약을 맺자고 제안했다. 한국에서는 누구보다 고매한 인격과 덕망을 갖춘 사명대사를 대표로 보낸다. 일본에서 난리가 났다. 이렇게 훌륭한 대사를 보냈으니 융숭한 대접은 물론이고 돌아가는 길에 당시 전쟁에 잡혀 온 조선군 포로 1,390명을 대사와 함께 본국에 송환한다. 참으로 혁혁한 외교 성과다.

일본에는 지금도 사명대사의 전설 같은 무용담이 전해진다. 한마디로 '칼보다 붓'이라는 결론이다. 그러나 아깝게도 대사는 일본에서 돌아오고 3년 뒤에 88세 나이로 입적하게 된다. 바다에 이순신, 육지에 사명대사. 이 양축이 그 어려운 임진왜란을 거뜬히 치러내고 조선이 당당하게 승리할 수 있게 해준 것이다.

내가 왜 여기서 이야기를 길게 했냐면 사명대사와 깊은 인연이 있기 때문이다. 대사가 지킨 팔공산성, 증산 시루골엔 지금도 우리 문중 제실이 있다. 그리고 난 해인사에 자주 머물렀는데 그땐 꼭 대사가 거처하신 홍제암에 머문다. 내가 깊이 배운 것은 칼보다 붓의 힘이다. 일본에서의 대사의 그 당당함이 어디서 나왔느냐. 대사의 높은 학식에 연유한다. 내가 이나마 이룬 학습 성과의 배경이다.

뉴요커의
자존심

연구원들과 뉴욕 학회에 참석했을 때 일이다. 연구원들은 모두 뉴욕 시내를 구경하러 가고, 난 혼자 뒷골목을 어슬렁거렸다. 저녁때가 되자 뒷골목 피자집을 찾아 들어갔다. 홀 안은 아직 조용했다. 손님은 중년 부인 한 사람뿐이었다.

내가 창가에 자리를 잡아 앉으니 그 여자는 내게 자기 피자를 줄 테니 맥주 한 잔을 사줄 수 있냐고 물어왔다. 그러자고 흔쾌히 수락했다. 부인이 내 테이블로 자리를 옮겨왔다. 그리고 자기를 작가라고 소개하며 나에 대해서도 물었다. 날 간단히 소개하고 실은 나도 정신과 논문을 더러 쓴다고 했다. 출판된 것이 있냐고 물어서 나는 내가 베스트셀러 작가며 한국에선 꽤 알아주는 작가라고 소개했다. 여자는 아주 감탄하며 내 손을 꼭 잡았다. 참 부럽다고 칭찬을 연발하던 여자는 자신이 작가이긴 하지만 한 번도 작품이 정식 출판된 적이 없다고 했다. 테이블 위 원고들을 가리키며 이것도 출판사에서 거절당한 것이라고, 좀 야한 것을 써보면 어떻겠느냐는 제의를 받았다고 했다. 그러나 작가의 체면이 있지 그런 것을 쓰기엔 자존심이 허락하지 않는다고 했다. 그녀는 창밖의 비 오는 밤거리를 보면서 "뉴욕은 밤이 좋아요. 글도 잘 써지고요." 그러곤 조용히 일어서 나갔다. 나는 그 뒷모습을 한참 바라보면서 자기를 작가라고 추켜세우는 그의 자세가 참 인상적이라고 생각했다. 저것이 뉴요커 특유의 정신인지도 모르겠다. 맥줏값이 없어 처음 보는 남자에게 피자와 교환해 먹자던 그 뉴요커의 얼굴이 오래 내 기억에 남아 있다.

자존심이란 자기를 치켜세운다고 올라가는 건 아니다. 오히려 비웃음을 사게 되는 경우도 있다. 어울리지 않는 자존심을 운운하면서 우쭐대는 사람도 더러 본다. 자존심이라기엔 어울리지 않는 자만심으로 무장된 사람도 더러 있다. 누가 들어도 납득이 갈 만한 인품과 내놓을 만한 사회적 업적도 함께 갖췄을 때 우리는 그의 자존심을 높이 평가하고 존경하게 된다.

뉴욕에서 만난 이 여성은 잘못 들으면 자칫 오해를 사기에 딱 좋다. 그것도 자존심이라고? 웃어넘길 수도 있다. 얼른 들으면 그럴 수 있는 것도 사실이다. 하지만 내가 본 그 어싱은 그렇게 자기를 내세운다고 어느 한구석 미운 데가 없다. 무슨 짓을 하든 어울린다는 뜻이다. 자기를 소개할 만한 작품 한 점 없으면서 작가라고 하는 것도 좀 웃기는 이야기다. 그런데도 밉지 않다. 처음 보는 남자에게 맥주 한 잔, 그것도 자기 피자 한 점과 바꿔 먹자는 것. 애교가 넘친다. 그리고 그 여자에겐 전혀 가면이 없었다. 자신을 있는 그대로 내보이는 그 솔직함이 인간답고 매력적인 구석이 있다. 그게 그의 자존심이다. 언젠가 그가 유명 작가로 등장한대도 전혀 이상한 일이 아니다. 뉴욕에 산다고 누구나 뉴요커가 되는 건 아니다.

오, 대니 보이

　　뉴욕 학회. 먼저 가서 공부하고 있는 동료가 뉴욕
의 유명한 재즈 카페 블루 노트Blue Note의 티켓을 구해 놓았다.
새벽 2시 표였다. 그곳은 참 엉성한 다락방 같은 카페였다. 워낙
유명한 곳이라 흥분을 가라앉히고 들어가니 조니 그리피스라
는 낯익은 이름이 눈에 띄었다. 유명한 색소폰 연주자였다. 카페
매니저를 불러 저 사람이 〈오, 대니 보이〉를 연주하느냐고 물었
다. 이 팀은 여기 온 지 며칠 되지 않아 못 들어봤다고 했다. 연
주를 부탁하니 매니저는 잠시 자리를 떠났다가 돌아와서 연주
자가 내가 왜 꼭 그 곡을 듣고 싶어 하는지 묻더라고 말했다. 예

일대학교 학생 시절 그의 〈오, 대니 보이〉를 듣고 눈시울을 적신 적이 있다고 했다. 그의 연주는 참 명품이었다. 그러나 당시에는 거장 루이 암스트롱의 그늘에 가려 주목받지 못했다.

이윽고 막이 올랐다. 조니가 혼자 색소폰을 들고 무대에 올라 그 노래를 연주하기 시작했다. 연주를 마치고 오늘 밤 그 노래를 연주하게 된 사연을 이야기하더니 나를 찾았다. 무대로 올라가니 "오늘 밤은 한국에서 온 닥터 리의 날로 선언하겠다."라고 했다. 그러자 우레와 같은 박수가 쏟아졌다. 여기까지는 좋았다. 그 후, 내가 이 이야기를 사람들한테 했더니 맥주를 샀는지 묻는다. 왜? 사야 해? 이 촌놈 같으니……. 그런 일이 있으면 그 홀에 있는 전원에게 맥주를 사야 하는 게 전통이라고 했다. 그때 난 그 정도 여유도 있었지만, 그 멋진 전통을 몰라 촌스럽게도 그냥 내려온 것이다. 지금도 그 이야기를 하자니 얼굴이 화끈거린다.

사람은 가끔 큰물에 놀아봐야 한다. 재즈 카페의 홀이 손바닥만 해서 맥주를 다 산다고 해도 몇 푼 돈이 들지 않았을 것이다. 같이 간 연구원들도 모두 공부만 해서 그런 전통이 있는 줄 알 턱이 없었다. 통이 더 큰 사람은 재즈 카페에 있는 종을 친다고 한다. 그러면 그 사람은 그날 매출을 전부 내고 가는 것이다. 전문 재즈 카페에 출입하려면 그 정도 매너는 알아야 하는데 말이다. 한국에서 온 의사란 것도 소개되었으니 자칫 한국 사람 망신을 다 시킨 건 아닌가 싶기도 하고, 도대체 그 카페 생각만 해도 재수 없고 밥맛도 없다. 모르고 그랬다는데 누가 흉볼 사람 있겠어? 내가 이 이야길 할 적마다 사람들은 이렇게 나를 위로했다. 하긴 그게 사실이다. 그러니 자기 혐오적인 생각은 말자. 오 대니 보이, 속으로 콧노래나 부를 일이지 왜 그런 자책을 할까? 이런저런 생각을 하는 것도 촌스러워 그렇겠지. 이렇게 치부하고 끝내자.

이희수 교수와
튀르키예

이럴 수가. 튀르키예에 큰 지진이 났다. 우리 정부에서 보낸 성금이 너무 적다. 7만 불이면 개인끼리도 기부할 수 있는 금액이다. 튀르키예가 우리한테 어떤 나라인가. 긴 설명이 필요 없다. 주변의 몇몇 열혈 청년들이 이래선 안 된다는 것. 나라에 위신이 있고 우리가 튀르키예에 진 빚을 생각하면 보은을 갚기에도 끝이 없다. 정말 이대로 정부가 하는 일만 보고 있어선 안 되겠다는 생각은 그날 아침 조간신문에 실린 이희수 교수의 칼럼에 담겨 있었다. 그냥 화가 난 정도가 아니라, 그간의 튀르키예와 우리 관계를 하나하나 생각할수록 화가 치밀었다. 그렇게 시작된 것이 '튀르키예의 아픔을 함께하는 사람들'이고 본격적인 지진 피해 돕기가 결성되었다. 이 교수도 이 자리에 불렀다.

내가 지금 하고자 하는 이야기는 튀르키예가 아니고 내 개인적인 이야기다. 나는 그간 NGO 운동이라고 해본 적이 없었다. 이희수 교수와도 전혀 모르는 사이다. 서로 공부하는 분야가 전혀 다르기 때문에 이런 일 아니고는 만날 기회도 없다. 하지만 내게 이 교수는 안 만났더라면 어쩔 뻔했나 하는 생각을 여러 번 들게 만드는 사람이다. 나는 그때 힐리언스 선마을, 세로토닌문화 운동을 막 시작했던 시점이었다. 정말 정신이 없었다. 욕심만 앞섰지 그런 일을 해본 적이 전혀 없었다. 그래도 스태프들이 내 일처럼 도와주었고 이희수 교수의 멘토십이 참으로 큰 도움이 되었다. 새로 시작한 일은 NGO 성격이 강해서 나는 모르면 이 교수, 도움이 필요하면 이 교수를 찾았다. 그도 나만큼이나 바쁜 사람이다. 중동 관계가 복잡해지면서 이슬람 문화 전공자 이희수 교수가 꽤 자주 불려갔고 정부 관료와 함께 현지도 여러 차례 다녀왔다. 나도 가급적 그를 안 부르려고 노력했지만 내가 벌여 놓은 일이나 그간 인적 교류를 생각할 때 이 교수 신세를 안 질 수 없었다. 참 고맙게도 자기 일도 바쁘고 많지만 한 번도 짜증을 내거나 싫은 내색을 보이지 않았다.

그리고 이 교수와 함께 그간 문화 기행으로 전 세계를 두루 다녔다. 이건 내게 참 소중한 보물 같은 체험이자 교육이었다.

더구나 이번에 코로나를 앓고 보니 이런 친구들의 가까운 조언이 절실해졌다. 생각해 오던 일도 더 구체화해 끝내야 하는데 코로나 후유증은 내게 엄청난 부담으로 작용했다.

이번 이 교수가 쓴 세계 정사는 내게도 큰 자극이 되었다. 세상에 태어나 여러 사람을 만나게 되지만 이 교수와의 만남은 내게 너무도 소중한 만남이다. 변치 말고 이어가길 빈다. 이제 우린 이 교수 없는 행사는 생각조차 하기 힘들다. 이 교수, 미안합니다! 그리고 감사합니다.

짝퉁 시장의
스타들

　　미국 유학 시절 신세를 졌던 집주인이 이웃집 딸과 친구 둘을 한국으로 보냈다. 내가 마중을 하러 공항에 갔는데 처음 보는 아이들이라 작은 피켓을 준비했다. '수잔 일행을 환영합니다'라는 글을 써서 들고 기다렸다. 둘 다 비행 승무원이라서 그런지 표를 잘 구한 모양이다. 그녀들은 두리번거리다 내 피켓을 보더니 자지러지게 웃었다. 미국 아이들 특유의 제스처를 섞어가며 바닥에 뒹굴 듯이 좋아했다. 처음엔 나에게 반가운 인사를 하느라 그런 줄 알았는데 그게 아니고 피켓을 보고 놀라 기절하다시피 한 것이다. '아, 우리 생애에도 이런 일이 있구나.'

두 녀석이 나를 껴안고 폴짝폴짝 뛴다. 역시 나 때문이 아니라 내 피켓이 아이들을 흥분하게 만든 것이다. 승무원들이라 승강장에 피켓을 들고 늘어선 손님들을 한두 번 본 게 아닐 테지만, 한 번도 자기네 이름을 본 적은 없었다고 한다. 은근히 부러워서 언젠가 자신의 이름을 적은 피켓을 들고 기다려주는 사람이 있겠지, 서로 이야기를 나눈 적이 있었다고 한다. 그런데 마침 자신의 이름이 적힌 피켓을 든 나를 발견했으니 정말 놀란 것이다. 나한테 외국 손님은 처음이 아니었는데도 이 아이들 이야기를 쓴 것은 환영한다는 의미로 만든 작은 피켓에 이렇게 뜨거운 반응을 해줄 줄 몰랐기 때문이다.

한 가지 이상했던 점은 둘 다 빈손으로 온 것이었다. 가방 하나 들지 않고 왔기에 짐은 어디 있는지 물으니 한국에 오면서 뭘 들고 올 게 있느냐고 했다. 그래도 작은 손가방도 안 들고 온 여자는 처음 본다고 했더니 손이 모자라서 안 들고 왔다고 한다. 도대체 무슨 소린지 영문을 모르겠다. 항공 승무원들이니 인물도 만만치 않았지만, 쇼핑 정보에 관한 한 세계 시장을 꿰뚫고 있었다. 한국에서 잔뜩 살 요량으로 짐을 안 들고 온 것이다.

그날 저녁 식사에는 마늘이 빠졌다. 미국 손님이니 일부러 모든 음식을 맵고 짜지 않게 부드럽게 만들었다. 녀석들은 혹시 마늘이 들어 있는지 조심스럽게 물었다. 그러곤 마늘을 달라고 요청하는 게 아닌가? 그걸 먹을 작정이냐고 물으니 마늘이 없으면 싱거워 다른 음식도 먹을 수 없다고 한다. 왜 그러냐고 물으니 이걸 먹어야 튼튼해지고 한국 여자처럼 피부도 건강하게 맑아진다고 한다. 이 녀석들이 일주일 있는 동안 마늘 두 줄이 바닥났다.

다음 날 출근 시간에 차를 타더니 이태원에 내려달라고 한다. 그리고 퇴근길에도 내린 곳에서 만나자고 약속했다. 퇴근 시간에 녀석들을 태우러 갔더니 보따리 장사라도 하는 듯 짐이 한가득이었다. 뭘 이렇게 많이 샀냐고 물으니 아, 이제 겨우 시작이라면서 크리스마스 쇼핑 리스트를 보여줬다. 친구들이 부탁한 것까지 사느라 이태원 시장을 아주 휩쓸 판이다. 무슨 돈이 저리 많은지, 했던 내 걱정은 괜한 걱정이었다. 비싼 명품을 산 게 아니라 짝퉁만 사서 돈은 얼마 들지 않은 모양이다. 하지만 누가 이걸 짝퉁으로 보겠는가. 아주 근사했다. 세계 최고 시장의 최고 제품들이다. 난 그 아이들이 그렇게 행복해하는 얼굴은 본 적이 없었다. 메리 크리스마스. 언젠가는 진짜 한국 제품Made in Korea이 저렇게 넘쳐났으면! 며칠 있는 동안 우리 집 응접실은 이 아이들의 쇼핑 보따리로 넘쳤다.

그들이 귀국하는 날에는 우리 아들 차까지 동원했다. 저걸 어떻게 비행기에 싣고 갈지가 걱정인데 승무원들이라 문제없이 통과했다. 들고 있는 핸드백이며 여우 목도리까지 완전히 귀부인처럼 빛났다.

돌아간 지 얼마 되지 않아 청첩장이 날아왔다. 청첩장 말미에 '신랑은 짝퉁이 아님'이라고 적혀 있다. 역시 수잔다웠다.

이 박사의
연구 기금

이란과 미국의 관계가 최악으로 치닫고 있을 무렵, 이라크의 군사적 약점을 간파한 미국 군함이 성조기를 높이 달고 이라크군이 철통같이 지키고 있는 호르무즈 해협 가운데로 유유히 항해했다. 온 세계가 긴장하고 지켜보고 있었다. 이라크가 한 방 쏘기만 하면 세계 대전에 버금가는 큰 전쟁으로 비화할 것이기 때문이다. 그런 위험 속을 미군함이 성조기를 달고 내보란 듯 해협을 통과한 것이다.

대전의 정신과 원로 이세종 박사는 이 기사를 읽고 전쟁은 끝났다, 이젠 전쟁으로 파괴된 것을 재건하는 복구 사업에 투자

해야겠다고 정신과적인 판단을 했다. 아니나 다를까, 이라크는 조용했다. 그로써 전쟁은 끝났고 복구 작업이 진행되었다. 이 박사가 산 주가는 천정부지로 올랐고 이 이야기는 증권가의 신화로 퍼져나갔다. 나도 들은 이야기다.

내가 정신과 학회장을 맡고 보니 학회에 연구 기금이 한 푼도 없었다. 기금 이야길 끄집어냈더니 평의원들이 펄쩍 뛰었다. 작년에 정신의학 사무실 전세금을 모으는 데 신발이 몇 켤레씩 닳아 없어질 정도로 발품을 팔았으니 제발 올해는 돈 이야기는 말고 그냥 가자는 것.

"알아들었다. 그러나 자네들은 꼼짝하지 말게. 내가 이번 연휴에 전국을 돌아다니고 올 테니까."

난 첫 주자로 대전 이 박사에게 향했다. 대전 지부장이 깜짝 놀라 이 박사한테는 안 가는 것이 좋겠다고 간곡히 말렸다. 그러나 나는 이 박사의 생활 철학을 잘 안다. 그는 유용한 일이라는 판단이 서면 선뜻 거금을 낼 사람이다. 함께 간 지부장이 밖에서 기다리고 나 혼자 들어갔다. 유명한 의사라 환자들이 긴 줄을 섰다. 내 설명은 간단했다. 1억을 주시면 선생님 이름으로 연구 재단이 만들어지고 선생님 이름으로 학회 발표, 학회지 발간을 할 수 있다. 노벨상도 그렇게 시작되었다. 딱 3분 만에 내 이야기를 끝냈다. 이 박사가 수첩을 꺼내더니 그런 일이라면 1억으로 안 되지, 3억 수표를 써서 나한테 주는 것이 아닌가. 나는 깜짝 놀랐다.

그 길로 이부영, 이호영, 김광일 등 응원군과 함께 마산에 들러 배 박사로부터 1억을 받는 등 전국을 돌며 후원을 받으니 총 7억이 모였다. 우리 학회 연구 재단이 만들어지고 학회 발표 땐 이분들의 고마운 성금이 빛나도록 연출을 멋지게 했다. 학회장 임기를 마치고 다음 사람에게 인계할 땐 18억의 거금이 인계되었다. 부끄러운 이야기지만 난 돈을 안 냈다. 그땐 홍천에 힐리언스 선마을 면역 예방 재단을 설립하느라 한 푼이 아쉬웠다. 홍천 프로젝트가 정착되면서 내가 제일 먼저 한 것이 이시형의 사회 정신의학 연구 기금에 1억을 내는 것이었다.

"이 박사가 불을 지핀 덕분입니다. 그리고 어려운 가운데 기금을 내주시고 그 기금으로 젊은 후학들이 좋은 연구 발표를 해주신 것, 참으로 큰 보람을 느낍니다."

돈은 이렇게 쓰는 거다.

연구 기금을 내주신 분들 정말 감사합니다.

위탁 가정 Foster home

　　인생 여정은 달리 보면 정말 모든 게 잘 되어가고 잘 풀리는 때가 있다. 그런가 하면 또 어딘가 덜컹거리고 잘 안 될 때도 있다. 이렇게 고속 시기가 있고 저속 시기도 있다. 내가 예일대학교에 갈 수 있었던 것은 초고속 시기였던 덕이 아닌가 생각된다. 내 인생에 어떻게 그런 행운이? 생각할수록 믿을 수 없는 기적 같은 일이다. 인생 이정표를 그려보면 아마 초고속으로 달려간 포인트 중에 한 고개라고 확실히 말할 수 있다.

　　그럼 다음엔 또 어떤 고개가 있었을까? 그보다 더 큰 고개가 있었다는 데 난 깜짝 놀랐다. 바로 리처드 프랭클을 처음 만났을 때다. 이것은 내가 특별히 노력해서가 아니다. 그야말로 절로 굴러온 복덩이다. 예일대학교엔 국제 친교클럽이 있는데 외국 학생에게 학교에서 위탁 가정[Foster home]을 추천해준다. 물론 신청하는 위탁 가정도 학교에 어떤 학생이 좋겠다는 의향서를 낸다. 그러면 몇몇 후보생을 골라 가족회의를 거쳐 이 학생이 좋겠다고 학교에 통보를 하면 좋은 인연을 맺게 된다. 물론 인간관계란 모두가 즐겁고 행복한 가족 같은 관계로 발전하는 건 아니다. 서로가 노력해야 함은 물론이다.

그 점에서 우리는 정말 행운 중 행운이었다. 나는 한국에도 그들보다 가까이 친밀하게 지내는 가족은 없을 것 같다. 상대가 외국 사람이라는 점도 있고 한 나라의 대표라는 책임감도 물론 작용했을 것이다. 가족처럼 아주 편한 사이가 아니라는 긴장감도 가져야 하고 조심도 해야 한다. 그것은 모든 인간관계의 기본이다. 친한 사이일수록 더 예의를 지키라는 선현들의 충고는 우리 모두 잘 지켜야 관계가 오래간다.

이 집은 우선 미국을 대표하는 가정이라 해도 과언이 아니다. 그때 막 미국 시장을 좌지우지하는 미국 전자 협회의 회장이었다. 프랭클은 앤아버 미시간 공학 대학교 출신으로 사업 구상을 하며 잠시 뉴헤이븐에 머물 뿐 아주 영주할 생각은 아닌 것 같았다. 부인은 참 고상한 예술품 수집가로서 그 고장의 고미술 협회 일을 하고 있다. 큰 개를 두 마리 키우고 자녀는 딸 수잔이

만이고, 그 아래 삼 형제가 있는 대가족이다. 복합 가정인 것 같은데 자세한 관계를 물어보진 않았다.

집은 뉴헤이븐 교외에 묘하게도 그 유명한 폴 뉴먼의 자택과 이웃하고 있으며 정원은 누구 것이라는 표지도 없고 서로가 함께 가꾸는 것 같다. 그때만 해도 미국 오는 사람이 그리 많지 않아 며칠 밤 머물러야 할 손님은 그 넓은 저택 어느 방이라도 흔쾌히 내준다. 내가 자주 가니 그날은 컴퓨터에 내가 좋아하는 먹거리 쇼핑 리스트가 떴다. 김치, 김, 두부, 불고기, 갈비 등이 한국인 손님을 위한 단골 메뉴다. 자동차도 일고여덟 대 중에 손님 취향에 맞는 차를 몰고 나가면 된다. 캐딜락이 주종이지만 벤츠도 있다. 승마용 말도 두 필이 있다.

그 가족이 캘리포니아로 이사한 후 나도 프로젝트를 따라 버지니아로 가면서 서로 헤어지게 되었다. 그 후에도 우리는 자주 연락을 하면서 잘 지냈다. 우리 형은 당시 어려운 컴퓨터 공부도 끝내고 자격증까지 획득했으나 당장 밥 벌어먹을 일자리가 없었다. 프랭클의 도움으로 좋은 일자리를 얻을 때까지 그 집에 기숙하면서 미국에서 가장 큰 건축 회사의 IT 책임자로 취업했다.

그러자 우리 동생들이 줄줄이 미국으로 왔다. 그때마다 프랭클이 추천장을 써주면서 동생들은 어려움 없이 미국 생활에 적응할 수 있었다. 나중에 휴가 때나 명절엔 마치 자기 친정집에 가듯 그 집에서 명절을 보냈다. 미국의 부자가 사는 집을 견학하고자 하는 학자들도 많이 초대했다. 모두 그 소박함에 놀랐다. 당시 프랭클은 실리콘 밸리의 선두자로서 노벨 수상자 브라운 박사Dr.Brown와 함께 광물 정량, 정석, 분석까지 하는 'KEVEX'를 개발하여 전 세계 시장을 독점하게 된다. 그 집 복도에는 세계적 명화가 그냥 벽에 걸려 있었는데, 부부가 영면하자 근처 박물관에 모든 것을 기증했다고 한다.

내겐 참 잊을 수 없는 분들이다. 어느 해 추석엔 내 막냇동생이 이 부부를 우리 몰래 손님으로 초대했다. 추석맞이 준비로 한창 바쁜데 우리 모두 깜짝 놀라게 한 서프라이즈였다. 부부가 현관에 나타난 것이다. 함성이 터졌다. 우리는 마치 작은집, 큰집처럼 송편도 빚고 추석 차림을 함께 했다. 참 행복한 밤이요, 내가 보낸 추석 중에 가장 잊지 못할 날이었다. 그에겐 가족이 함께 송편을 빚는 문화가 아주 인상적이었던 것 같다. 송편 빚는 법을 배워 다음 해 자기 집에서 따라해 봤는데 영 그 맛이 나질 않는다고 했다. 내 미국 유학 생활에서 가장 행복한 순간은 프랭클의 집에서였다. 내게 프랭클 가족은 미국 그 자체였다. 프랭클이 없는 미국은 미국이 아니다.

우리의
회복력

한국전이 아니라도 우리가 가난이란 탈을 벗은 지는 오천 년 역사 중 겨우 30년도 안 된다. 그게 내가 본 한국의 모습이다. 한국전은 말할 것도 없고 일본 식민지하 우리 생활은 필설로 다할 수 없다.

아침 학교 가는 길, 뒤따라온 선생에게 마을 친구들과 한국말을 한 것을 들켜 벌을 받아 얼음판에 꿇어앉았다. 실제로 경험해보지 않은 세대는 식민지 생활을 전혀 모를 것이다. 농사를 지으면 우리 먹을 것도 남기지 않고 '공출'이라는 묘한 이름으로 다 뺏어갔다. 그런데도 우린 용케 잘 버텨왔다. 그게 신기하다.

차츰 철이 들면서 내 눈에 비친 한국인의 생활상은 비참 그 자체였다. 우리가 잘 견뎌왔다는 게 기적처럼 비친다.

해방 후, 남북 분단은 사상 분단에 불을 질렀다. 같은 반 학생이 공부 시간에 붙들려 나가 우리 눈앞에서 얻어맞기도 했다. 그리고 남북 전쟁. 이러다 우리가 다 죽는 것이 아닌가 하는 생각이 들 정도였다. 수도가 부산으로 갔으니 더 이상 도망칠 곳도 없다. 그래도 우린 잘 견뎠다. 우리는 최악의 곤혹 속에서도 다시 살아날 수 있는 저력, 회복력이 있는 것이 확실하다.

역사에도 보면 그 어려운 유배 생활에도 즐겁게 시간을 보낸 위인들의 기록이 있다. 추사 김정희의 〈세한도〉는 누가 봐도 초라하고 가난하다. 네 그루 나무는 넘어져 청나라와 조선의 문인 20명의 감상글이 달린 선비 필화로 보기엔 참으로 초라하고 가난하다. 다산 선생의 유배 생활도 유배 같지가 않다. 유배가 아니라 유학 간 선비 같다. 그러니까 우리는 겉보기에 허름하고 가난해도 넘어지면 다시 일어나는 회복력을 가지고 있는 게 틀림없다.

그리고 우리의 무서운 향학열, 부산과 대구 사이에만 겨우 남은 한국전 속에도 학교 문을 열었다. 학교를 UN군 지부로 내주고 우리 배울 자리는 지금의 동대구역 근처 보리밭에 있는 기왓가마에 마련하여 대포 소리를 들으며 공부했다. 공부에 관한 한 우린 참으로 악착같이 했다. 무엇이 한국을 정상으로 달리게 하는가? 요즘 내가 구상하고 있는 주제다. 많은 요인이 있겠지만 역시 우리의 뜨거운 향학열이 가장 먼저다.

박재일 교수의 '미래에 대한 곤궁과 역경' 강의에 많은 학생이 등록했다. 우린 앞으로도 계속 공부를 해야 하는 '학생'이라는 직업란이 새로 생겨야 한다고 했다. 배움이 끝나면 그의 인생도 미래도 끝난다는 것이다.

어느 유명한 기업가가 73세에 대학교에 입학해 젊은 학생들과 함께 공부하고 있는 사진이 참 인상적이었다. 졸업이란 없다. 계속해서 공부하지 않으면 당신은 이미 박물관 전시물 취급을 받게 된다. 왜냐하면 '역경이란 여러 가지 형태로 나타나는데 인간은 자신이 처한 환경을 지배하지 못하면 환경에 지배당할 수밖에 없기 때문이다.'

정신과에선 역경을 이겨내는 힘, 다시 일어서는 힘을 회복력Resilience이라 부른다.

학창시절, 나는 그날 두 군데서 피를 팔아야 했다. 몹시 더운 날이다. 대구 혈액원에서 혈액 채취를 하고 나오는데 하늘이 노랗게 되더니 근처 가로수에 기댈 수밖에 없었다. 얼마가 지났을까. 이런 경험은 처음이다. 다시 정신이 들었다. 땅을 짚고 기다시피 일어났다. 죽진 않겠구나. 살았다 싶은 안도감이 들었다. 그날은 버스를 타고 아르바이트하는 집엘 갔다. 지난번 코로나 사태를 겪으며 몇 번이고 떠오른 그날의 경험이다.

흥興의
민족

        저 얌전한 한국인의 무엇이 온 세계인의 흥을 북돋아 광적인 상태로 몰아넣은 걸까? 명색이 사회정신의학을 공부한 나는 이 극과 극의 상극이 어디서 유래한 것인지 궁금했다. 평소엔 그렇게 얌전하던 사람이 마치 변신이나 한 듯 흥겹게 춤추고 노래한다. 우리 고향 마을에선 새로 시집을 온 새색시를 불러다 놓고 소위 '춘향이 놀음'을 시킨다. 일종의 집단 최면 의식이다.

    "춘향이가 나온다."

    동네 여자들이 계속 암송하면 얌전하게 고개를 빼물고 앉앉던 색시가 조용히 일어나 춘향처럼 예쁘게 춤을 춘다. 청중의 박수와 함께 새색시 춤도 점점 격해져 저 여자가 엊그제 시집온 색시인가 믿기지 않을 정도다. 믿기 힘든 건 이것만이 아니다.

4월 화전 잔치에는 산골짝을 막아 그날은 종일 남성 출입 금지다. 남자들은 화전을 구울 준비를 한다. 술독과 함께 화전을 부칠 진달래꽃과 임시 부엌을 설치하는 등 만반의 준비를 갖춰주고는 모두 하산하면 그 이후론 남성은 출입 금지다. 완전히 홍 잔치가 벌어진다.

이것만이 아니다. 지금도 봄날에 남녀가 한데 어울려 숲속에서 가무에 취한다. 난 아직 관광버스에서 남녀가 함께 춤추고 노래하는 모습을 외국에서는 본 적이 없다. 아마 이것은 우리 한국인의 본성이 아닌가 싶다. 도대체 그 얌전한 여성이 어쩌면 저렇게 홍바람, 신바람이 날 수 있을까?

대뇌 신경학적으로보면 홍타령은 세로토닌이 분비되는 것으로 해석될 수 있다. 우리나라 개국 초에 한국을 다녀간 사신들은 하나같이 조선 사람은 활을 잘 쏘고 가무를 즐긴다는 평을 꼭 적었다. 도대체 어디서 이런 세로토닌의 폭발이 유발되는 것일까? 여기서 대답이 궁하다.

나는 90년대 초,『신인간』이란 책을 쓴 적이 있다. 당시 내가 본 젊은이는 우리가 젊을 때와는 완전히 다른 별종이었다. 난 이들을 취재하기 위해 1년간 홍대 앞, 이태원을 돌아다녔다. 한마디로 별종이었다. 동시에 이들이 시장을 지배하는 세력으로 부상하고 있구나, 하는 강한 생각이 들었다. 문화는 사회 변동을 따라 변한다. 그러나 우리 역사상 처음으로 이들이 바뀌니 문화가 따라서 변동한다. 영화, 연극, 음식……. 모든 시장 상품이나 문화 상품은 이들의 취향에 맞춰야 장사가 된다. 광고 모델도 자연스레 이 세대 아이돌이 차지하기 시작했다.

그리고 20년 뒤, 2020년에 전 세계는 이들의 홍바람에 경련이 일어난다. 어떤 세대도 이들의 세력을 압도한 적이 없다. 한국을 싫어하는 외국 사람도 방탄소년단BTS의 인기를 꺾지 못했다. 하지만 이들의 폭발적인 인기는 하루아침에 일어난 것이 아니다. 『신인간』이란 책을 썼던 1990년대 무렵, 싹은 이미 자라고 있었다. 그때 그들이 케이팝K-POP의 원조였다. 우리에겐 그런 피가 흐르고 있었다. 비슷하게 생긴 중국, 일본에도 없는 신바람, 홍바람이다. 우리는 역사적으로 외침이 많았고 온갖 난을 다 겪어왔다. 그러나 잘 견뎌왔다. 그 뒤엔 우리의 신바람이 바탕에 자리 잡고 있었기 때문이 아닌가 싶다.

영주 세로토닌

세로토닌 예술단이 금의환향했다. 중학생 때부터 우리가 운영하는 세로토닌 드럼 클럽 활동을 아주 열심히 한 친구들이다. 누구나 이 예술단의 공연을 보면 반하지 않을 수 없다.

청소년기 말썽도 부렸지만, 북을 치면서 아이들은 완전히 달라졌다. 고등학교부터 대학교까지 이 아이들을 전액 장학생으로 선발했고 졸업과 동시에 공군 군악대에 입대하여 맹활약하자 군 지휘관으로부터 귀여움을 받았다. 그러는 동안 단원들은 국내는 물론 국외 공연까지 초청받아 그들의 실력을 마음껏 발휘했다. 이들을 지도하고 함께 연수하는 동안, 이 친구들의 연주 실력이 일취월장했을 뿐만 아니라 거칠었던 성격도 완전히 달라져 주위의 모범이 돼주었다. 볼 때마다 대견스럽다.

이들은 공군 군악대를 제대하고 고향인 영주로 돌아왔다. 금의환향이다. 영주시에서도 이 친구들이 영주시에서 활동해 주기를 간곡히 원했고 영주에 세로토닌 센터 사무실을 차려 영주시와 협력해 다양한 공연 활동을 하고 있다. 얼마 전에는 영주시민을 위한 복합문화예술마당이 열렸다. 나도 서울에서 격려차 의미치료학회, 세로토닌문화 회원들과 함께 참석했다. 행사는 영주 시내를 관통하는 강변에서 열렸다. 특히 그날은 영주시의 기획으로 '3대가 함께하는 걷기 대회'가 열려 많은 시민이 참여했다. 간단한 마당놀이와 함께 한 드럼 클럽 공연은 사람들을 흥에 빠뜨렸다. 공연의 끝으로 사회를 맡은 국악 가수가 부른 노래가 잊히지 않는다.

"아름다운 이 강산, 행복한 이 강산에 태어난 우리가 얼마나 행복한가~."

대충 이런 노래였다. 아! 그래. 우린 정말 행복한 나라에 태어났다. 오늘 이 순간을 되새기니 더더구나 그런 생각에 가슴이 멘다. 행사가 끝나고 서울에서 함께 내려온 회원들과 여운을 곱씹으며 즐겼다. 그래, 우린 지금 참 어려운 고비를 넘기고 있다. 코로나19 위기는 온 세계가 앓았다. 그래도 우리는 조금씩 안정을 찾아가고 있다. 젊은이들이 다시 밤거리에서 아름답게 노래하기 시작했고 대내외 경제 사정도 한결 나아지고 있다.

난 최근 일본에 두 차례 다녀왔다. 일본은 세계에서 제일 빠르게 초고령 사회를 맞이하고 있다. 우리도 2년 후면 끔찍한 초고령 사회를 맞이하게 된다. 이것은 국가 비상사태다. 불행히도 우린 전혀 준비가 안 되어 있다. 일본은 고령 사회가 시작되기도 전에 저출산 초고령 사회에 대한 대책을 연구해 왔다. 내가 일본에 다녀온 것도 이것을 배우기 위해서다. 놀랍게도 일본은 세계적 명문 대학인 도쿄대학이 주축이 되어 저출산 초고령 사회를 대비하고 있다. 그러나 일본의 경제는 완전히 얼어붙었다.

치밀한 기획을 하고 조직적인 대책을 세워 밀어붙이고 있는 일본이 이렇게 침체돼 있는데, 우리는 아직 기획조차 되고 있지 않으니 걱정이 안 될 수 없다. 이제 곧 초고령화라는 거대한 물결이 밀려오고 있는데 우리는 참 태평하다. 무엇을 믿고 저러는지 걱정이 된다. 이것은 가히 국가 존망이 걸린 비상사태다. 치밀한 계획으로 거국적인 대비를 해야 한다.

우린 고령화 대책이라면 아주 고약한 편견에 사로잡혀 있다. 노인 문제는 끝이 없다. 노인은 쇠약하고 소모적일 뿐 사회에 이바지하거나 공헌할 수 없다. 그러니 누구도 섣불리 손대길 두려워한다.

물론 그런 측면도 있다. 그러나 새롭고 거대한 의료 시장이 열리고 있다는 측면으로 생각하면 피하는 것이 아니라 적극적으로 뛰어들어 선두 주자로 나서야 거대한 시장의 주역이 될 수 있다. 우리만이 아니다. 세계 모든 국가가 다가올 초고령 사회라는 새로운 문제로 이미 골머리를 앓고 있다. 여기가 바로 시장이다. 전 세계적으로 어림잡아 10억 명이란 소비시장이 주인을 기다리고 있다. 먼저 잡는 자가 주인이다. 이 점에서 우리의 발 빠른 기획력, 추진력이 기대된다.

우리도 대통령을 위원장으로 한 저출산 고령사회 위원회가 구성되어 있다. 그러나 아직 눈에 띄는 활동을 보이지 않는다. 졸저 『신인류가 몰려온다』를 쓰게 된 동기가 여기 있다. 국회에서 보건복지위원회 국정 감사 때 이 책의 내용에 대해 이야기해 달래서 갔더니 웬걸, 그날 민주당사 압수 수색으로 회의 도중 국회의원들이 모두 당사로 몰려 나가 결국 말도 꺼내지 못했다. 나를 초청한 신현영 의원이 사과했지만 일이 싱겁게 끝나버렸다.

고전의
현대적 해석

　　난 고전 전문인 박재일 교수의 강의를 아주 즐겨 듣는 열혈 팬이다. 요즘 우리가 개강한 미래학당의 강사로 초빙되어 '고전의 현대적 해석'이라는 주제로 명강의를 해주셨다. 우리는 대체로 조용한 편이라 질문은 거의 없고 시켜도 말을 잘 하지 않는다. 수업 태도를 보면 서양 학생들과 비교해서 빵점이다. 서로 질문도 하고 토론과 평가를 하는 과정이 바로 공부 아닌가. 우린 그냥 입만 벌리고 앉아 듣기만 한다. 그야말로 떠먹여 주는 Spoon Feeding 방식의 수업이다.

　　그날 고전학을 전공한 교수의 강의에 세로토닌 이야기가 자주 나왔다. 영 어울리지 않는 내용인데 나는 정말 귀가 번쩍 뜨였다. 역시 박 교수는 다르구나. 공자, 맹자만 찾던 강의에 세로토닌이 등장한다는 것이 참으로 신기했다. 교수는 평소 강의 시간엔 입을 닫고 있는 한국 학생들이 어디서 흥이 생기는지 케이팝 열풍을 일으켜 전 세계를 흥분의 도가니로 몰고 있다고 말했다. 노래나 춤뿐만 아니라 케이팝이란 이름으로 온갖 문화와 상품, 음식까지 퍼지고 있다. 잠잠했던 흥을 일으킨다는 것이다. 문제는 어디에 이런 흥바람이 숨어 있었을까. 한국의 지난 문화 역사엔 한 번도 이런 일이 없었다. 불과 10년 남짓의 짧은 세월에 한국의 춤과 노래가 세계인의 가슴을 들뜨게 하다니, 어떤 요소가 숨어 있다가 이렇게 화려하게 피어났을까 하는 것이 그날의 강연 주제였다.

박 교수의 설명에 의하면 우리에게는 몹시 어려운 곤경에 빠져도 이를 흥으로 바꾸는 재주가 있다. 옛날 그 어려운 곤경 속에서 유배를 떠난 선비들을 보노라면 그 궁핍한 생활을 마치 유학이라도 온 듯 즐겁게 보냈다. 그러기에 유배 생활 중에도 불후의 명작을 남길 수 있었다는 이야기다. 흥이 난 것이다. 그리고 그 흥바람을 일으킨 원천이 바로 세로토닌이라고 직설했다.

난 깜짝 놀랐다. 20년 넘게 세로토닌이 왜 한국에 필요한가를 역설하고 다녔지만, 박 교수가 그날 한 시간 강의를 통해 내가 하고 싶은 이야기를 다 해준 것이다. 다산 정약용 선생이 그랬고 〈세한도〉로 유명한 추사 김정희도 그러했다. 누가 들으면 우스운 이야기지만 그 유명한 국보 〈세한도〉는 그림도 글도 도 대체 저게 왜 국보인지 싶을 생각이 들 정도다. 나는 문인화를 시작해 볼까 하고 벼르고 있었지만, 자신이 없었다. 그러나 국 보 〈세한도〉를 보고 나도 그릴 수 있겠다 하는 자신감을 얻었다 는 사실을 고백하지 않을 수 없다. 전문가가 들으면 웃겠지만 이 것이 내 천재 망상증을 발동시켰다. '저 정도가 국보라면 나도!' 하는 만용이 생긴 것이다. 이것도 내게 숨겨진 흥일까.

초등학교 때 자신이 그린 그림이 교실 뒷벽에 붙어보지 못 한 사람 모여라, 했더니 20명이 모였다. 김양수 화백의 지도로 사군자부터 배웠다. 모두 난초를 치는데 쓱쓱 잘도 그린다. 문제 는 나다. 비슷하게도 안 된다. 그렇게 버린 그림을 우리 선생님 이 열심히 모으더니 어느 날 교실에 잔뜩 전시했다. 모두 깜짝 놀랐다.

"그림에는 두 가지가 있습니다. 여러분 그림은 잘 그린 그림 입니다. 보다시피 여기 이 박사님 그림은 잘 그렸다기보단 우리 에게 많은 이야기를 해주는 좋은 그림입니다."

그렇게 6개월 만에 문인화 화집이 완성되고 인사동 경인미 술관에서 내 첫 전시회가 열렸는데 편당 60만 원씩 90편이 완판 되었다. 이걸 박 교수는 흥분이라고 했을까. 잘 안 팔린 작품은 고맙게도 세로토닌문화원의 김익동 고문이 몽땅 사주셨다. 덕분에 그 잘난 작품 전시에 완판이라는 놀라운 딱지가 붙게 되었다. 그 뒤에도 몇 차례 전시회를 열어 전액 1억 원을 우리 문화원 기금으로 적립하는 쾌거를 이룰 수 있었다.

그걸 그림이라고 거금을 아끼지 않고 구매해 주신 모든 분들께 감사드립니다.

그것이 바로
세로토닌

최근에 와서야 세로토닌이 자주 화제에 오른다. 학회에서도 마찬가지다. 지난 20년 넘게 세로토닌을 국민 정서 운동의 하나로 펼쳐야 한다고 이야기해 온 우리의 지론이 많은 사람의 호응을 얻기 시작했다. 요즘 우리가 하는 미래학당에서도 세로토닌의 시의 적절성, 시대적 공감성 등 전폭적인 지지를 받고 있다. 각급 교육위원회의 중요한 화두 역시 세로토닌이다. 학교 폭력을 비롯해 충동적, 폭발적인 청소년의 성향은 한국 사회의 조절이 어려운 문제로 손가락질을 받고 있다. 세로토닌은 한마디로 정서적인 안녕과 평화를 가져다주는 아주 중요한 신경전달물질, 호르몬이다. 이게 부족하면 정서적으로 균형이 잡히지 않고 여러 가지 폭력적인 문제가 동반된다.

지금 우리 사회가 당면하고 있는 가정 내 폭력, 학교 폭력은 물론이고 보복 운전, 충동적이고 폭발적인 성격 등 사회 질서에 여러 가지 문제를 일으키는 것들은 모두 세로토닌 결핍 증후군에서 비롯된 것이다. 세로토닌이 부족하면 정서적으로 조용하고 평화로운 기운이 없다. 세로토닌은 넘친다고 문제될 것은 없지만 부족하면 문제가 된다. 세로토닌 결핍 상태에서는 정서적으로 균형을 잡을 힘이 부족하다.

세로토닌 신경은 시상하부의 본능 운동 중추에 모여 있어 세로토닌 분비를 위해선 적절한 운동을 함께 해야 한다. 세로토닌의 원료는 아미노산의 일종인 트립토판인데, 이것이 혈관을 통해 뇌의 내부로 들어가려면 포도당으로 코팅되어야 한다. 뇌 속으로 들어간 트립토판은 세로토닌으로 전환되기 위해 햇볕 쬐기, 적절한 운동, 스킨십 등 따뜻한 사랑이 필요하다. 그리고 세로토닌에서 수면 호르몬인 멜라토닌이 생성된다.

저녁에 텅 빈 운동장에서 걷기 운동을 하면 세로토닌이 멜라토닌으로 전환되어 잠이 잘 오게 된다. 세로토닌 호르몬은 평화 호르몬이요, 행복 호르몬이다. 이게 많이 분비되어 뇌 활동이 긍정적으로 변화한다면 정서적으로 나빠질 이유가 없다. 그리고 뭐니 해도 대인관계가 아주 부드러워진다. 미래 사회에서 무엇보다 중요한 것은 인간관계성이다. 그것이 세로토닌으로 조절된다는 사실을 안다면 더더구나 세로토닌의 중요성이 이해될 것이다. 이번 교육위원회에선 인성 교육의 중요성을 재차 강조하고 있다. 그게 바로 세로토닌이란 사실을 기억해 주길 바란다.

이번 신학기부터 초등학생을 위한 늘봄 학교 운영에 우리 세로토닌문화원이 적극 참여하기로 교육부와 협약을 맺었다. 궁극적으로 전 국민을 상대로 하는 세로토닌 운동이 되리라 확신한다.

고마운 후원자,
역시 삼성

　　세로토닌문화 운동이 절실했다. 세로토닌문화원을 결성하던 첫해에 모금 운동을 위해 중학생들의 모둠북 연주 활동 지원이라는 사회 공헌 사업을 시작했다. 당일 모금 운동에 참여해 달라고 호소하여 두 학교에 지원할 수 있는 금액이 모였다. 모둠북 15개, 강사, 교재 등 기본적인 요건을 준비하는 것만으로도 학교당 2천만 원이 필요했다. 좀 아쉬운 출발이었다. 그러나 첫술에 배부르랴. 스스로를 위로하고 있는데 이튿날 삼성 생명 사회복지팀에서 전화가 왔다.

　　"좋은 사회 운동을 시작하셨으니 우리도 모금에 참여하겠다. 그러니 이 박사는 프로그램을 잘 만드는 데 힘을 쏟으시오."

세상에 이럴 수가. 역시 삼성이다. 그러자 세로토닌 드럼 클럽 단장을 송승환님이 맡아주시겠다는 반가운 소식도 들렸다. 작게 시작한 NGO 운동이 규모가 커지기 시작했다.

곧이어 230개 중학교에서 세로토닌 드럼 클럽이 시작되었다. 알다시피 중학교 2학년은 질풍노도의 시기로 가장 정서적으로 흔들릴 때다. 북을 연주하면서 연주자도 청중도 스트레스가 해소되며 정서적으로 안정되는 데 결정적인 공헌을 한다. 차츰 이 운동이 확산되어 군부대를 비롯해 외국에서도 세로토닌 드럼 클럽이 설립되었다.

영국의 에드워드 왕자가 한국에 내한했을 때 우리 세로토닌 드럼 클럽에 반해버렸다. 태국 왕실 음악 학교에서도 이 운동에 참석하여 벌써 몇 차례 한국과 협연했다. 영주시의 영광 중학교에서 시작된 이 운동은 국내외 큰 반향을 일으켰다. 세로토닌 드럼 클럽 1기 학생들이 군 복무를 마치고 세로토닌 예술단으로 활동하고 있다. 이제 영주를 무대로 세로토닌 드럼 클럽 활동 확산을 위한 전국적인 운동을 준비하고 있다.

세계 어디라고 다를까마는 청소년의 학교 내외 폭력 문제는 한국의 국가적 문제로 떠올랐다. 여러 가지 이유야 많겠지만 신경과학적으로 정서 조절을 하는 세로토닌이라는 신경전달물질 세로토닌이 부족한 것이 결정적인 문제로 지적되었다. 어떻게 하면 세로토닌 결핍으로 인한 폭력 문제가 해결될 수 있을까? 우리는 지난 20년 이 문제 해결을 위해 총력을 다해왔다. 특히 최근에 교육 일선에서 인성 교육의 중요성이 확인되면서 세로토닌 드럼 클럽이 참 중요한 역할을 하고 있다. 이제 그만큼 성장했으니 삼성 후원도 중단되어 우리 스스로 이 문제를 해결해 나가지 않으면 안 되게 되었다. 고맙게도 많은 인사들이 후원에 가입하고 우리 운동이 큰 탄력을 받고 있다.

허브나라의
저서

한창 글을 많이 쓰던 시절엔 글 쓸 곳이 마땅찮아 아주 애를 먹곤 했다. 언젠가 정선 가는 길에 예쁜 모텔 둘이 나란히 있었던 것을 발견했다. 다음에 글을 쓸 땐 저기서 써야지. 겨우 휴가를 얻어 그 집에 전화했더니 영업 중이긴 한데 전화를 받지 않았다. 비서와 함께 갔을 땐 여름이 되어야 본격적으로 장사를 한다는 이야길 들었다.

우리 비서가 최근에 '허브나라'라는 곳이 새로 생겼는데 참 좋다고 거기서 점심을 먹자고 했다. 돌아오는 길에 그 집에 들러 점심을 주문하고 있었는데 그 집 사장이 아주 반갑게 인사를 하고 여기까지 웬일이냐고 물었다. 우리 사연을 이야기했더니 그 길로 자신의 집으로 안내하더니 바로 옆방에 지내면서 글을 쓰라고 방을 비워줬다. 세상에 어디 이런 인심이 있을까? 게다가 방값이며 밥값이며 전부 무료였다. 글쟁이에게 글 쓰는 방을 빌려주면서 돈을 받으면 안 된다고 한다. 난 정말이지 할 말을 잃었다. 그 후엔 그 방은 아예 내 전용 방으로 박아 놓았다. 사장님이 외출할 땐 이 박사 반찬은 이렇게 하라고 메뉴까지 정해놓고 외출을 한다. 그때 마침 튀르키예 대지진이 일어나 지진 돕기 운동을 진행하고 있을 때였는데 주인 부부가 함께 힘을 보태주기까지 했다. 나중엔 여러 번 튀르키예에 직접 다녀갔고 자그마한 튀르키예 갤러리도 만들고 튀르키예 대사가 새로 부임하면 환영, 환송 장소로 허브나라를 제공했다. 한국 튀르키예 친선협회의 중요한 임원으로 활약도 했다. 나도 시간이 나는 대로 허브나라에 가서 글을 썼다. 그곳에선 글이 아주 잘 써졌다. 지금까지 거의 110권 이상 책을 썼는데 그중 반 이상이 허브나라에서 쓴 작품이다.

선마을을 완성하고 난 후엔 주로 선마을에서 글을 썼지만, 오늘의 내가 있기까지 큰 힘이 되어준 허브나라 내외분에겐 항상 고마운 마음이다. 내 평생 잊지 못할 응원군이다. 두 분의 은혜, 평생 잊지 않고 간직하기 위해선 좀 오래 살아야겠는데 코로나를 앓고 나니 그 당당하던 기운이 시들시들해지고 요즘 얼마나 오래 살 수 있을지 걱정이다.

두 분을 위해서라도 오래 살도록 노력하겠습니다. 정말 감
사합니다.

동아시아
문화 정신의학회

외국 사람 중엔 한·중·일 세 나라 사람이 이름만 다르지 같다고 알고 있는 사람들이 적지 않다. 생기기도 비슷하게 생겨서 그런 오해를 살 만하다. 제법 아는 학자 중에도 그런 생각을 하는 사람도 있다. 특히 정신의학 분야에선 이런 게 분명하지 않으면 자칫 엉뚱한 학문적 오류를 범할 수 있다.

그래서 서울대학교 이부영 교수가 중심이 되어 회를 하나 만들었다. 한·중·일 세 나라의 박사 중에 이 문제에 대해 특히 관심이 있는 연사들을 나라별 7명씩 초대했다. 그리고 매 2년 나라마다 돌아가며 한 번씩 회의한다. 당시엔 중국과의 국교가 원활하지 못해 대만 대표가 참석했다. 주제가 하나 정해지면 2박 3일간 그 주제에 대해 발표, 토론, 평가를 하는 등 아주 깊이 있는 학술 과정이 이뤄진다. 지금까지 한 해도 거르지 않고 꾸준히 이어지고 있다. 나이 든 회원이 물러가면 새 회원이 대신 한 사람 들어온다. 어려운 여건에도 지금도 회를 이끄는 고령의 이부영 교수의 정력적인 수학 자세에 존경심이 절로 난다.

첫해 모임은 한국의 신라 호텔에서 열렸는데 주제 발표는 일본 측에서 먼저 했다. 그런데 우리에게 놀랄 일이 벌어졌다. 주제 발표에 나온 증례들이 마치 한국 증례를 카피한 듯 똑같아서 우리 증례를 훔쳐 간 게 아닌가 농담을 하고 모두 폭소를 했다. 그러나 이건 간단한 일이 아니었다. 이런 일이 있기 때문에 우리가 회의해야 하는 이유가 더욱 분명해졌다. 아주 다를 것 같은 세 나라의 문화가 닮은 것도 있고 아주 닮을 것 같은 부분도 매우 다른 경우도 분명 있다.

비록 2년에 한 번 열리지만, 세 나라를 오가며 서로가 참 배울 게 많았다. 창립된 지가 거의 반세기가 다 되어가니 회원들이 많이 교체되었다. 이부영 교수를 비롯한 몇몇 원로 회원들이 꿋꿋이 자리를 지키고 있다. 난 세로토닌문화, 선마을 등 새로운 분야를 개척하고 운영하느라 정규 회의가 열리는 동안은 참석이 어려웠지만, 시작과 끝은 항상 함께하려고 했다. 그간 참으로 알찬 문화사적 특징들이 발표되면서 세계 학회에 이바지한 바도 크다. 신세대 젊은 학자들이 대거 유입되면서 분위기도 많이 바뀌었다. 그러나 우리의 초창기 설립 취지는 그대로 잘 살려 모두가 기다리는 학회가 되었다. 원로 회원들이 주축이 되어 잘 운영되고 있어 반갑다. 그 기운 그대로 잘 이어져 나가길 바란다. 한·중·일 세 나라는 지정학적으로나 역사적으로 복잡한 관계로 얽혀 있어 언제나 긴장을 놓을 수 없다. 우리 모임은 정치적 성격은 없지만 나라마다 정체성, 주체성은 서로가 존중한다. 우리 회의가 세 나라의 평화에도 궁극적으로 크게 기여하고 있는 셈이다.

지하철,
뭐라 하지 마라

젊은 사람들은 잘 모른다. 태어날 때부터 우리가 이렇게 잘 살고 부자인 줄 안다. 우리 세대는 겉보기만으로도 신기하고 고맙다. 그 가난한 나라가 언제 이렇게 잘살게 되었을까. 알다시피 우리는 60년대까지만 해도 낙후한 농업 국가로 국민들은 굶주림이 일상이었다. 이렇게까지 살기 좋은 나라가 되리란 건 꿈에도 생각해 본 적 없다. 내가 60년대에 미국 유학을 한답시고 미국에 갔더니 세상에 이런 나라도 있구나, 참으로 놀라지 않을 수 없었다.

한데 요즘은 생각이 많이 달라졌다. 부자 나라라고 떠들썩

한 나라에도 '그 정도로?' 크게 놀라지 않는다. 그만큼 한국이 달라졌기 때문이다. 61년 우리나라의 GDP는 82달러였다. 그게 지난 2022년 3만 3천 달러로 껑충 뛰었다. 가난하고 배고픈 세월을 겪어보지 못한 젊은 세대로선 놀랄 것도 없다. 내가 세계 학회를 다니면서 정말 눈물겹게 고마웠던 때는 세계 젊은이들이 모이는 광장에 우리 한국 젊은이들이 함께 섞여 앉아 여행지 정보를 교환하는 모습을 봤을 때였다. 아, 저게 우리 젊은이인가. 정말 믿을 수 없다. 우리가 여행 자유 국가가 된 지 그리 오래되지 않았다. 그나마도 한 번 나가는 데 수속이며 절차며 얼마나 복잡했던지. 몇 달이 걸려 겨우 여권을 받을 수 있었다.

여러분은 이 지구상에 정말 편리하게 잘 정비된 버스 정류장이 있는 곳이 어디라고 생각하는가?

"85번 버스가 12분 후에 도착 예정입니다."

이 지구상에 이렇게 친절한 대중교통 서비스는 정말 없다. 출퇴근 시간이 아니면 시내버스는 언제나 여유가 있다. 고령자는 무료이고 경로석도 따로 마련되어 있다. 세계 어디에도 이런 나라는 없다. 부자 나라 이웃 일본도 고령자 무료 승차는 없고 약간의 할인 제도가 있을 뿐이다. 그리고 공공 교통 요금이 왜 그리 비싼지 한국에서 택시를 타고 가는 기분이다.

물론 출퇴근 시간엔 초만원이다. 지옥철이란 말도 나오고 대중교통에 대한 원성이 자자하다. 서울에 천만 인구가 산다. 그런 도시에 살면서 출퇴근 시간마저 편안하게 살 순 없다. 노시에 사는 이상 그 정도는 운명처럼 여기고 타야 한다. 그것도 힘들면 지하철 종점으로 이사를 하는 수밖에 없다. 실제로 일본엔 '종점족'이란 사람들도 있다. 도시가 커지면서 종점이 교외로 나가면 자기도 따라 이사를 한다. 거의 한 시간 넘게 걸리는 출퇴근 길이 편해진다. 대도시 출퇴근 시간의 교통 혼잡은 세계적인 문제다. 어딜 가나 편안한 데가 없다. 만원 지하철을 욕하지 마라.

좋은 이웃

주말이면 손자 두 놈이 집에 찾아온다. 우린 조마
조마하다. 녀석들은 걸어도 그냥 걷지 않는다. 군대 행군처럼 쿵
쾅쿵쾅 바닥을 울리며 걷는다. 아무리 그러지 말라고 해도 말을
듣지 않는다. 녀석들은 말의 기운을 타고났는지 책상 위에 올라
가 뛰어내리기도 한다. 아래층 사람들이 얼마나 시끄럽고 귀찮
을까.

그런데 참 신기하게도 아래층 사람들로부터 항의를 들어
본 적이 한 번도 없다. 언젠가 아침 출근 시간에 우연히 만나 손
자 녀석들 쿵쾅거리는 게 짜증스럽지요, 하고 정중히 사과했다.

40대쯤으로 보이는 그 부인은 정색하고 무슨 소리냐고, "아이들이야 뛰고 놀아야 하는 건 당연하죠. 그냥 두세요. 괜찮습니다."라고 했다. 아, 정말 고맙다. 아이들 층간 소음에 이웃 간에 큰 싸움이 벌어진 곳도 적지 않다는데 우린 참 행운이다.

차츰 녀석들이 나이를 먹으니 제법 점잖아졌다. 내가 녀석들을 잡고 한 말이다.

"이놈들아. 얼마 전까지만 해도 너희들이 오는 주말이 되면 가슴을 졸였다. 어찌나 뛰어다니던지 너희 때문에 아래층 사람들이 얼마나 짜증났겠어."

그날 저녁 아래층 사람들이 찾아왔다. 손자 녀석들이 빵도 사고 편지도 써서 보낸 모양이다.

"아주머니, 잘 참아주셔서 감사합니다. 할아버지께서 말씀하시길 우리가 쿵쾅거려도 절대로 말리지 말라 하시면서 잘 참아주셨다고요. 정말 감사합니다. 이제 저희도 컸으니 앞으로 조심하겠습니다."

이웃 아이로부터 이런 편지를 받았으니 아래층 사람들이 감동한 나머지 우리 집을 찾아온 것이다. 세상에 이런 이웃만 있었다면 얼마나 살기 좋은 세상이 될까. 층간 소음으로 살인도 난다던데…….

쓸개가 있는지

    친구 아버지는 대구 서쪽 성서 지역에서 생산되는 쌀을 정미하는 일을 하신다. 아주 큰 공장이다. 그런데 여기엔 유명한 일화가 있다. 동업자 한 분이 계시는데 사업이 시작된 이래 오늘까지 한 번도 서로 얼굴 붉혀본 적 없을 정도로 의좋은 사이로 유명하다. 최근엔 두 분이 의논해서 친구 아버지는 계속 정미소 운영을 담당하고 동료는 대구 서문 시장에서 큰 쌀 도매상을 열었다. 그런 과정에도 두 분 사이에 말다툼 한 번 없이 조용히 분업했다. 우린 친구끼리도 별일 아닌 일에 걸핏하면 목에 핏대를 세우며 싸우곤 하는데 두 분의 우정은 참 기적 같은 일이다. 두 어른 다 공부를 많이 하신 분은 아니다. 친구 아버지는 대체로 과묵한 편인데 두 분의 전설 같은 동업 이야기가 궁금해 어느 설날 아침에 세배를 드리고 그 사연을 여쭤봤다. 아버지는 한참 창문을 바라보더니 입을 열었다.

"자네들 다 의사지? 내가 죽거든 쓸개가 있는지 해부해 봐라."

우리는 숨이 콱 막혔다. 아하, 그런 깊은 사연과 조율이 있었구나. 그 말을 듣는 순간 아무 말도 할 수 없었다. 참 훌륭한 인격과 절제의 소유자임이 틀림없다. 우리는 때론 자기가 한 일에도 불평을 하고 마음에 안 들어 스스로 욕을 할 때도 있는데 어떻게 이럴 수가 있을까. 평소에도 과묵했던 아버님을 존경해왔지만, 그날 이후 정말 신과 같은 존재로 비쳤다. 깊은 믿음과 인내 없이 어떻게 이런 인간관계가 성립될 수 있을까. 그것도 한두 해가 아니고 평생을. 상대 의견이 마음에 안 들 수도 있을 것이다. 내 마음도 그런데 어떻게 남의 마음이 한결같을 수 있을까. 그래도 믿을 것은 누가 뭐래도 믿고, 참을 것은 참고 견딜 수 있는 아량을 베풀어야 가능한 일이 아니던가. 쓸개가 삭아 없어져도 친구를 믿는 그 마음이 두 분의 오늘이 있게 한 것이다.

"정미소 소리 시끄럽지? 먼지도 많고. 병원은 그래도 조용하고 깔끔하니 좋겠다. 그 이상 더 바라진 말게."

40년 무병이라더니

　　우선 내 건강부터 이야기해야겠다. 난 지난 40여 년 동안 감기와 몸살 한번 걸린 적 없다. 그래서 난 아파서 못 해본 일은 없다. 식자우환識字憂患인가. 의사가 되고 보니 이 점이 은근히 걱정되었다. 사람은 가끔 아프기도 해야 저항력도 생기고 면역이 생겨 결과적으로 튼튼한 몸이 되는데 도대체 아프질 않으니 무슨 인간이 이런가? 이러다 언젠가 아프면 몸에 저항력이 없어 그길로 죽을 수 있겠다는 두려움마저 생겼다.

　　전 세계가 코로나 때문에 걱정일 때도 난 멀쩡했다. 아플 것이란 생각조차 안 했다. 그간 멀쩡하게 잘 지냈으니 아픈 게 어떤 건지조차 잊어버린 듯하다. 물론 교만을 떤 것은 결코 아니다. 신문엔 코로나 팬데믹 기사가 나오기 시작했고 이것도 그럭저럭 끝나는구나 싶었다. 모두가 고생이 많았는데 나로선 참 고맙고 다행스러운 일이다. 예상대로 코로나도 용케 피해 갔으니 40년 무병 경력이 은근히 고맙기도 했다.

그런데 코로나로부터 사람들이 해방된 지 얼마 되지 않은 날, 갑자기 미열에 몸이 나른하고 밥맛이 없고 피곤이 밀려왔다. 그때까지도 코로나에 걸렸다는 생각은 전혀 하지 않았다. 코로나로 인해 사회 전반이 바뀌었으니 내 몸도 항상성에 교란이 오나 보다 싶었다. 별생각 없이 넘기려는데 우리 연구원이 내 얼굴을 보더니 병원에 가보자고 난리다. 이 친구는 얼마 전 코로나를 앓아 며칠 고생한 경험이 있다. 연구원이 이끄는 대로 병원에 갔더니 이게 웬걸, 코로나 확진이다. 하라는 모든 조치를 다 했는데도 걸리다니. 이젠 꼼짝없이 환자다. 병원의 지시대로 약도 먹고 집으로 왔다.

그런데 현관문 비밀번호가 기억나질 않는다. 아래, 위를 헤매며 번호를 눌러도 맞질 않는다. 할 수 없이 문을 두들겼다. 바로 위층에 이웃이 놀라 나왔다. 집을 잘못 찾아온 것이다! 그러니 비밀번호가 맞질 않지. 어찌 소리를 들은 우리 가족들이 놀라서 나와 날 데려갔다. 술에 취해본 적도 없고 내 평생 이렇게 정신없던 적은 처음이다. 밤부터 온몸이 아프고 힘이 없었다. 꼼짝도 하지 못하고 일주일을 그렇게 앓으며 지냈다. 차츰 좋아지기 시작했는데 내 증상은 그냥 힘이 없고 전신 근육이 슬슬 아픈 것이 전부였다. 이것이 후유증인지 힘이 없고 피곤한 것은 한 달이 지나도 여전했다.

내가 아프단 소식을 듣고 아는 도사님이 산삼 두 뿌리를 따뜻하게 끓여줬다. 그걸 먹고 나니 마치 술을 마신 것처럼 온몸이 벌겋게 달아오르고 힘이 넘쳤다. 도사님이 경고하길 밤에 잠이 안 올 수 있다고 한다. 그날처럼 꼬박 밤을 새운 것은 처음이다. 그런데 신기하게도 이튿날 피곤하거나 졸리는 기색이 없다. 그날부터 힘도 돌아오고 90%는 회복된 것 같았다. 산삼의 위력을 처음 느껴봤다. 그전에도 더러 먹긴 했지만 이런 적은 처음이다. 그리고 이 문 저 문 두드린 이웃에게도 미안하기 그지없다. 얼마나 놀랐을까. 죄송합니다.

존경하는
문용린 박사 영전에

오늘을 사는 한국 사회에서 누가 천재일까? 내 천재 망상증이 도질 때마다 이 생각을 자주 한다. 천재의 정의도 어렵지만, 천재가 되기 위한 지적 요건을 이야기한다는 것은 더 어렵고 복잡하다. 그러나 나는 내 나름의 기준이 있다. 내가 생전에 만났던 사람 중에 '아! 저 사람!'이라고 내 무릎을 치게 하는 사람들이 있다. 천재 테스트는 없다. 어떻게 그런 사람을 천재라고 하느냐고 물으면 대답을 못 하지만 정말 고맙게도 내 주변 가까이 천재가 몇 있다. 생각해 보면 그들로부터 배운 것이 참 많다. 전공 분야가 달라도 '아, 당신이 있어 이 나라가 잘 가고 있구나.' 감탄이 절로 나오게 하는 사람이 있다.

그중 한 사람이 얼마 전에 작고한 문용린 교수다. 서울대학교 교수 시절부터 난 그의 저서에 깊이 빠져들었다. 내가 삼성의 후원으로 사회정신건강연구소를 개설할 때, 그리고 세로토닌문화원을 설립할 때 스스로 찾아가 선생님의 가르침을 간청했다. 그는 아무 주저 없이 수락해 주셨다. 그날 이후 그는 시간이 있을 때마다 우리 문화원 일에 많은 충고와 가르침을 주셨다. 그가 대학을 떠나니 사회 여기저기 정말 많은 곳에서 직책을 맡아달라는 요청이 빗발쳤다. 아마 다 거절하기 어려웠으리라 생각되지만 이 일은 도와줘야겠다 생각이 들면 주저 없이 맡아 참 열심히 해주신다. 그가 맡아주신 일을 일일이 다 이야기할 순 없지만, 어떤 일이든 토론장에서는 다양한 의견이 나오는데, 그의 천재성은 여기서 빛난다. 여러 가지 의견 끝에 총평은 언제나 문 교수의 차지다. 어쩌면 그 복잡한 의견들을 그렇게 짧은 시간에 모두가 알아들을 수 있도록 요약하고 결론을 내려줄 수 있는지 참 신기하다. 그때마다 난 속으로 '당신이 바로 천재'란 소리를 되뇌고 있다.

문 교수님이 떠난 서울 하늘이 텅 빈 허공처럼 보입니다. 조문객도 조사도 많겠지만 세로토닌 문화원을 대신해서 선생님이 가시는 길 편히 가시라는 인사와 함께 여기 짧은 글을 올립니다.

이시형 올림

무얼 짓겠다는
겁니까?

"도대체 뭘 짓겠다는 겁니까?"

내 설명을 한참 듣던 승효상 선생의 첫 반응이다.

"연수원입니까? 기도원? 명상원? 휴양원이나 병원도 아니고 도대체 뭘 짓겠다는 건지 그림이 그려지지 않습니다."

그 말을 들어도 싸다. 사실 내 머릿속에도 그림이 없었다. 열심히 설명은 했는데 무슨 소릴 했는지 나도 잘 모르겠다. 이 깊은 산골에 세계적인 건축가를 모셔 놓고 건축주란 녀석이 건축 개요나 콘셉트를 제대로 설명하지도 못하고 버벅대기만 했으니⋯⋯. 승 선생도 점잖은 체면에 딴말은 못 하고 "저도 연구를 해보겠습니다." 그것으로 일차 예비회담을 마쳤다.

군이 변명하자면 당시만 해도 세계 처음 짓는 건물이었다. '예방 면역 센터' 그런 이름도 없던 시절이다. 나중에 들은 이야기로는 승 선생 일행은 그림이 머리에 그려지지 않아 세계적으로 유명하다는 비슷한 시설을 다 돌아봤다고 한다. 대략적인 설계가 끝나고도 다음 날이면 다 지우고 처음부터 다시 하게 되었다고. 그러길 몇 차례 되풀이했다. 난 미안해서 고개를 들 수가 없었다.

우여곡절 끝에 오늘의 힐리언스 선마을이 완성되었다. 준공식에 와본 사람들은 저마다 한마디 한다.

"이게 뭐야?"

워낙 기능이 독특해 그 기능을 살려 건축을 했지만, 통상적인 상식으로 이해가 잘 안 되는 모양이다. 모두 전문가들이라 일리가 있다. 성질 급한 사람은 아예 도끼를 들고 한쪽 벽면을 부수기도 했다. 지금의 식당 남쪽 창문 전부를 말이다. 이럴 수가 있나. 담배도 못 피고 술도 안 돼, 요즘 세상에 휴대 전화기가 안 터지는 원시 마을이라니. 오는 손님마다 한마디씩 던진다. 우리 직원들부터 이런 게 영 생소한지 어리둥절하다. 이 소식을 들은 승 선생 기분이 어땠을까. 세계적인 건축가로서 자존심이 짓밟혔으니 엄청 속이 상했을 것이다. 그 후 승 선생은 우리 선마을과는 거의 절연 상태가 되어버렸다. 우리로선 참 미안하고 애석한 일이다. 그러나 참 고맙게도 손님들은 그게 편하다. 휴대전화

없는 생활을 해보니 처음으로 마음껏 자유를 누릴 수 있어 좋았다고들 한다.

얼마 지나니 선마을은 자유롭고 편하다는 평가가 많아졌다. 선마을에 간다면 주변 사람들도 업무적으로 자신을 찾을 생각을 아예 안 하니 정말 모든 것들로부터 해방된 자유로운 느낌을 받는다. 처음 먹어보는 뮤즐리도 아주 맛도 좋고 건강에도 좋다니 상당히 인기다. 일찍 자고 일찍 일어나 하는 가벼운 운동, 걷기, 명상 등 도시인들은 말만 들었지 실제로 해보긴 처음이라 참 좋다고 한다. 힐리언스 선마을은 이렇게 세계 최초, 최고의 예방과 면역 센터로서 면모를 갖춰나갔다. 경영진도 이런 건강 측면을 잘 이해해 주고 따라주어 참 고마웠다.

하지만 이것만으로는 인류 전체를 위한 건강 운동을 하기엔 부족하다. 앞으로 닥칠 고령 사회를 위해선 뭔가 새로운 건강 측면을 이야기하지 않을 수 없다. 불행히 당시 세계 어느 나라에서도 초고령 사회에 대한 대책을 생각하는 사람은 없었다. 고맙게도 선마을 경영진들은 세로토닌 운동에 적극적으로 동참했고 세로토닌이 정착되면서 내가 소신껏 세로토닌 운동을 펼칠 수 있게 풀어줬다.

자, 이제 세계로 나갈 차례다. 세로토닌 운동을 펼치면서 이제 우리 시선은 세계로 향하고 있었다. 당장 눈앞에 펼쳐질 초고령 사회부터.

나는 쾌락주의자

난 워라밸이 무슨 말인지도 몰랐다. 우리는 그간 마치 일 중독자처럼 일에만 매달린 생활을 하다 보니 일의 노예가 되었고 인생을 즐길 시간이 없었다. 좀 쉬어가고 즐기며 살자는 운동이 워라밸의 의미인 것 같다. 나는 그 의미를 확실히 이해하기 위해 그 이야길 자주 하는 사람을 찾아 물어봤다.

"이 사람아, 자네 보고 하는 소리야."

나도 속으로 켕기는 게 있어 물어봤는데 돌아오는 대답은 역시 그랬다고 하는 대답이다.

한참 전의 이야기지만 미국 유학 시절에 내 주변의 친구들이 나에게 자주 던지는 충고가 있었다.

"You are killing yourself."

넌 지금 너를 죽이고 있다는 소리다. 쉬어가며 인생을 즐겨야지 그렇게 종일 공부만 하면 그게 어찌 사는 건가. 난 그때만 해도 그런 충고가 마음에 와닿지 않았다. 한국에서 이 정도 일하는 것은 지극히 평범한 수준이다. 이를 악물고 하기 싫은 공부를 억지로 한 것은 아니다. 내가 살인적인 스케줄에 쫓겨 허덕이며 일하고 있다고 생각해 본 적은 없다. 그리고 그때만 해도 워라밸을 추구하는 사람은 없었다. 미국 친구들도 "일을 너무 많이 하지 말라."라고 충고를 더러 하긴 했지만 그렇게 심각하게 말하진 않았다. 또 미국에서의 내 생활은 그럴 수밖에 없기도 했다. 죽어라 해도 따라가기 힘든데 어물거렸다간 제대로 끝내지도 못할 판이다. 워라밸이란 말을 가까이 자주 듣게 된 것도 그리 오래된 이야기가 아니다. 아마 2000년대에 들어서부터 생긴 말이 아닌가 싶다. 물론 워라밸이라고 떠드는 친구들도 일은 대충 쫓겨나지 않을 정도만 하고 온통 놀고먹고 인생을 즐기자는 것은 아닐 것이다. 다만 사는 데 있어 적당한 균형을 찾자는 것. 최소한 너무 일에 빠져 아까운 인생을 그냥 보내거나 자칫 건강에 문제가 생길 정도로 일만 하지는 말자는 이야기다.

이 이야길 하고 있으니 아테네 철학 이야기가 생각난다. 낙관주의자들도 후세에 알려진 만큼 인생을 즐겁게 살지는 못했다. 그의 생애를 잘 읽어보면 흥청망청 인생을 즐기며 놀기만 하자는 이야기가 전혀 아니다. 그러니 생활은 전혀 윤택하지 않았다. 그들은 그리스 교외의 정원을 사들여 진정한 즐거움을 찾는 자들을 불러들였다. 그중엔 노예도 있고 떠돌이와 거지도 있었으니 히피 공동체가 형성되었다. 그들의 철학은 지극히 소박하고 단순했다. 욕구는 채울 수 있지만, 탐욕은 채울 수 없다는 걸 체득한 사람이다. 배고플 때 먹고 졸릴 때 자고 피곤하면 쉰다. 이건 인간적인 욕구지 탐욕은 아니다. 만약 인간의 욕구가 채워졌는데 그 이상의 것을 탐낸다면 그때부터 그건 고통이 된다. 인간은 끝이 없는 탐욕을 모두 채울 수 없기 때문이다. 이런 철학이 바탕에 있는 사람이면 생활은 자연히 절제와 검약이 될 수밖에 없다. 이 마을은 화려하거나 넘치는 게 아니고 절제와 검약이 바탕인 참 소박하고 단순한 삶이다.

쾌락주의Epicureanism를 오해하면 안 된다. 나도 이번에 코로나 사태로 거의 3년을 얼쩡거리며 지냈다. 나중엔 코로나에 걸려 진짜 고생도 했다. 아직도 체력이 완전하게 회복되지 않았다. 그렇게 빈둥거리다 보니 삶이 편하고 즐거웠던가. 절로 워라밸 생활이 되었는데도 내겐 진정한 즐거움은 없었다. 밤을 새워 고민하며 삶과의 투쟁, 갈등 끝에 겨우 해답을 얻어 풀어낸 순간의 그 기쁨만 한 건 정말 없었다. 이게 어쩌면 인간의 참모습이 아닐까. 빈둥거리고 노는 시간보다 이게 더 소중하고 값진 시간이 아닐까. 난 이런저런 생각에 아직도 워라밸의 진정한 의미를 모르겠다. 일-삶-균형[Work-Life-Balance]라고 적는 모양인데 균형을 어디쯤 잡는 것이 인간다운 모습일까. 아직 잘 모르겠다. 분명한 건 난 결코 일 중독자가 아니다. 굳이 말한다면 쾌락주의자가 아닌가 싶다. 확실한 건 비관주의자는 아니라는 사실이다.

이발 타령

난 아직 이발할 생각도 없는데 우리 손자놈하고
마누라는 이발소 예약을 하고 돈까지 미리 줬으니 빨리 가서 하
고 오라고 야단이다. 예전엔 적당히 내가 편한 대로 하고 오면
되었는데 최근엔 나이 든 영감이 외모 관리를 너무 안 하면 안
된다고 야단이다. 멀지도 않은 이발소가 왜 그리 가기 싫은지.

그리고 보니 여의도에 새로 생긴 현대 백화점은 아주 가까
워 자주 가기 좋다. 건물 디자인도 아주 현대식이다. 세계 어디
에도 이런 스타일의 백화점은 없다. 천장도 높고 매장은 축구장
같아서 시원하고 좋다. 탁 트인 전망을 바라보면 속까지 확 뚫

린 듯 아주 기분이 상쾌하다. 문제는 사람이 너무 많다. 점심 한 끼라도 먹으려면 모든 식당에 자리가 없어 줄 서느라 낭패 보기 십상이다. 재수가 좋으면 30분만 기다려서 자리에 앉을 수 있다. 근처 직장인들이 다 몰려들기 때문일 것이다. 내가 갈 이발소는 그 백화점 3층에 있는데 근처가 좀 복잡해서 그런지 한 번에 찾아간 적이 없다. 여기저기 기웃거리다 보면 아예 출구로 갈 때도 있다. 내가 한가한 사람도 아닌데 우리 가족들은 왜 나보고 이발을 하라고 그렇게 아우성칠까. 날 못 믿는지 회사 다니는 손녀도 따라 나왔다. 수행원인 셈이다.

나는 특히 지저분한 편은 아닌데 씻을 때도 식구들에게 몸에서 냄새나는지 물어보고 괜찮다고 하면 대충 물로 샤워를 한다. 머리도 그렇고 몸도 그렇다. 너무 자주 씻으면 피부의 지방이 다 씻겨나가 건강에 좋지 않다. 면역의 첫 번째가 두부를 비롯한 피부다. 웬만한 균은 피부에서 다 걸러진다. 지방을 너무 알뜰하게 씻어내면 피부는 방어력이 약해진다. 피부의 제일 외피 지방층은 여러 가지 병균의 침입을 일차적으로 처리하는 중요한 방어 기관이다.

가족과 이발 다툼을 하다 보면 의과 대학 2학년 때 병리학 시간이 생각나서 혼자 웃곤 한다. 정 교수는 학생들 사이에도 공붓벌레로 알려져 있다. 믿기지 않지만, 그 교수님 시간에 이발해서 낙제할 뻔한 친구도 있다. 녀석은 평소에도 아주 단정하게 하고 다녔는데 한번은 수업 시작하고 늦게 들어온 것이 화근이 되었다. 제일 앞자리밖에 빈자리가 없었다.

"자넨 밖에 나가 좀 더 놀게!"

네? 우리 모두 의아했다.

"의과 대학 다닌다는 녀석이 무슨 시간이 그리 많아서 기생 오라비처럼 꾸미고 다니는가?"

그러고 보니 그날따라 녀석은 머릿기름을 반짝이게 바르고 어디 한군데 빈틈없이 단정했다. 옆자리 앉은 내가 녀석을 데리고 조용히 밖으로 나갔다. 이 녀석은 겁이 많아 부들부들 떠는 진동이 나한테까지 느껴졌다.

"빨리 머리 감고 와!"

녀석을 화장실로 밀어 넣었다. 기름진 머리를 말끔히 손질하려니 시간이 꽤 걸린다. 한참이 지나 들어온 녀석의 머리 스타일이 뭐랄까, 아프리카 이상한 종족의 헤어스타일 같았다.

"아이고, 저 녀석이 눈치도 없이."

내가 다시 데리고 나갔다. 새로 씻고 하느라 강의도 끝나고 병리 실습 시간이 시작되었다. 거의 끝날 무렵에 교수님이 들어오셨다. 우리 둘을 강단에 불러 세우더니 교수님답지 않은 질문을 던졌다.

"누구 헤어스타일이 좋냐?"

아이들은 모두 나를 골랐다.

"우리 총대(반장)는 원래 옷걸이가 좋아 뭘 해도 좋아 보입니다."

"그래? 이 군 스타일이 괜찮다고? 총대는 머리를 생긴 대로 그냥 두니 멋이 있는 거야."

아이들이 웃었다. 수업이 끝난 후 내가 실습 자료를 들고 교수실에 들어갔더니 그 녀석 오늘 재수가 있었다.

"저놈 낙제를 주려고 했는데 자네가 살렸네."

"교수님, 그놈 성적을 보세요. 1~2등을 다투는 우수한 학생입니다."

"그 머리에 공부가 된다니 이상한 놈이군."

그렇게 팽팽한 신경전이 끝났다.

돌아서 나오는데 "이 군 자네는 이발 좀 해야겠어."하셨다. 그때 내겐 이발할 돈도 부담스러운 금액이었다. 갑자기 웬 이발 타령이냐. 손녀가 하는 잔소리는 그래도 애교가 있어 귀찮지는 않다.

서울 친구

내가 서울에 올라온 지 76년이 지났으니 거의 반 평생을 서울깍쟁이로 살아온 셈이다. 그전까지 내 미국 유학 생활 6년을 빼고는 대구를 떠나 본 적이 없는 촌놈이었다. 서울로 올라오니 모든 게 바뀐다. 당장 가까이 만나는 친구들이 바뀐다. 우리 고등학교 동기생들이 서울에서 꽤 많이 살고 있어 이들과 만날 기회가 잦아졌다. 그러나 당장 낯선 서울 생활에 적응하느라 친구들 만날 시간은 그리 많지 않았다. 서울에 사는 것뿐이지, 대구가 고향이라 동창회부터 집안 친척 대소 길흉사에 빠질 수가 없어 말투에서부터 생활 감각까지 대구 촌놈 그대로다. 나도 모르는 사이 서울 사람이 되어가는 것 같지만 그건 겉모습만 그렇지 대구 사람이라는 아이덴티티identity는 변하지 않았다. 아마 죽을 때까지 이러고 지낼 것 같다.

차츰 서울 생활에 익숙해지면서 대구의 절친 셋과도 물론 자주 만나지 못했다. 그러는 사이 둘은 벌써 저승사자가 데려가고 한 명만 남아 있다. 이제 대구에 가면 대구 하늘의 반쪽이 텅 빈 것 같다.

서울에서의 내 생활이 예상외로 바빠져서 새로운 서울 친구를 가까이하기도 쉽지 않다. 그 바쁜 가운데도 한 친구가 있다. 한가할 땐 좋은 말벗이 되어주고 급할 땐 자기 일 제쳐놓고 진심으로 나를 도와주는 친구다. 이 친구는 고등학교 때부터 학생회장을 했고 친구들 뒷바라지도 자기 일처럼 해주는 친구다. 우리 친구들 사이엔 단연 인기다. 참 고맙게도 이 친구와 나는 격의 없는 사이다. 옆에서 지켜보노라면 큰일을 하는 친구들 뒷바라지를 알게 모르게 다 하고 있다. 어떻게 저럴 수가 있을까, 그 친구의 넓은 도량에 감탄이 절로 나온다.

나는 그 친구로부터 인간적으로 배우는 점이 많다. 요즘은 몇몇 친구들과 한 달에 두 번씩 정기적인 점심 모임을 하고 있다. 오래 지속되어 온 동기생 모임 중 하나다. 난 무얼 하는지 이 모임에도 잘 나가지 못하다가 나이가 들고 최근에서야 자주 나가려고 노력하고 있다. 물론 이 모임은 그 친구가 정신적 지주이

자 중심이다. 모두가 건강해야 할 텐데 모이는 수가 자꾸 줄어들
어 지금은 일고여덟 명이 고작이다.

선비 같은
치과 의사

최근 내가 치료를 받고 있는 치과 의사, 방 선생은 서울 시내에서 치과 개업의로서 활약했었다. 그러나 도심의 복잡한 소음이나 생활 환경이 너무 맞지 않았다고. 고민 끝에 시골 마을로 돌아와 작은 치과 클리닉을 운영하고 있다. 난 그의 이 한마디가 그의 모든 인품을 증명하고도 남는다고 생각한다. 그는 한마디로 요즘 사람이 아니다. 뭐랄까, 도사 같은 분위기다. 말씨도 조용하고 사람을 응대하는 모든 행동거지 하나하나가 점잖은 시골 선비 같은 인상을 준다. 모든 게 겸손 일색이다. 이런 인품으로선 깍쟁이 같은 서울 분위기가 맞을 턱이 없다.

내가 방문하기 전에 이미 한의사 조용기 박사가 내 치과 문제를 방 선생에게 상세히 설명한 덕에 진료 면담은 길지 않았다. 좀 특이한 것은 입안을 검사하는 것이 당연한데 그는 조용히 머리를 만졌다는 것이다. 그의 설명에 의하면 두개골 접합 부위도 마치 관절처럼 움직인다는 것이다. 미세한 움직임으로 하악 관절이나 측두엽 부근의 양상을 진단한다고 한다. 이 미세한 두개골의 움직임Cranial Movement으로 신경계통의 흐름이나 유연한 운동 등을 진단한다. 치열 상태 진단과 함께 치열과 치과적 상태를 점검하고 스프린트splint 제작을 위한 본을 떴다. 그리고 치료를 마친다. 짧은 시간이지만 나도 같은 의사 동료로서 그의 진지하고 조용한 인품에 압도되어 말도 잘 나오지 않았다. 제작 기간이 2~3주가 걸리니 그때 다시 뵙기로 하고 진료를 마쳤다. 그리고 내게 부탁을 했다. 어디 가서 자기 이야기를 하지 말아 달라고 했다. 내가 워낙 매스컴에서 시끄러운 사람이라 행여 자기 일상에 흔들림이 있을까 하는 우려에서다. 그래서 이 글을 쓰면서도 무척 조심스럽다. 독자께서도 이 점 충분히 이해해 주시리라 믿고 이만 줄인다.

추석이 지나 약속된 날에 재방문해 스프린트를 착용했다. 이상하게도 기분이 안정된 것 같았다. 최근에 가장 나를 괴롭히고 있는 것은 고질적인 요통이다. 이 스프린트를 착용했다고 당장 통증이 가시는 기적은 일어나지 않았지만 내 기분엔 자세가 반듯해지고 안정이 된 것 같다.

놀라운 변화는 체위였다. 조용기 박사가 찍은 내 사진을 보고 깜짝 놀란 건 내 오른편 어깨가 상당히 처져 있었다는 점이다. 그런데 스프린트를 착용하고 찍은 사진엔 좌우 균형이 반듯하게 교정되었다. 아니, 이럴 수가! 신기한 일이다. 그리고 며칠이 지나니 요통이 가시진 않았는데 통증의 성상이나 위치가 상당히 달라졌다. 그전엔 왼편 허리가 아주 예리하게 아팠던 것이 이젠 자리를 옮겨 중앙 부위 전체가 '둔하게' 아팠다. 예리한 통증에서 둔한 통증으로 바뀐 것이다.

의사들 표현대로 통각 정도를 0에서 제일 아픈 5까지로 계산한다면 4~5 정도의 통증이 2~3 정도로 낮아졌다. 그것만으로도 살 것 같다.

2
부

인생 수업 9교시

고통

배고플 때와 배부를 때, 배가 아픈 고통은 비슷하다. 흔히 젊은 시절 고통은 별거 아니라고 치부한다. 그러나 모든 고통은 똑같이 힘들다.

나는 당장 저녁 식사를 걱정하는 고통을 겪었다. 집에는 열두 식구가 나를 기다리고 있다. 우리 집은 대구 변두리 수성들 끝자락에 있었다. 비가 오면 수성천 수위가 올라가 수문水門이 닫혀 넓은 수성들에 물이 들어찬다. 우리 집도 순식간에 물바다가 된다. 우물, 부엌, 화장실 할 것 없이 물을 퍼내느라 밤을 새운다.

그날도 비가 억수로 퍼붓는 날이었다. 집으로 가야 하는데 수성교를 건너다 차마 발걸음을 뗄 수 없었다. 텅 빈 주머니로 어떻게 집에 가겠는가. 무허가 판잣집이 옹기종기 모여 사는 동네인데 신기하게도 저녁 굴뚝에 연기가 나고 있었다. 적십자에서 밀가루를 나눠주는 날이었다. 우리 집은 대식구라 부족해도 세 포대는 받을 수 있었다.

시련 없는 인생은 없다. 컴컴한 골목길, 으스스 무섭기도 한 동네에 살면서 나는 불우한 와중에도 참 쉽게 행복했다. 그렇게 행복해질 수 있다.

세상에 태어난 모든 존재는 의미가 있다. 태어난 사명이 있다. 자신을 작고 하찮게 과소평가하게 되면 우울증에 걸리기 쉽다. 군대 행렬에도 한 명이 빠지면 전체가 흔들린다. 나 하나의 존재가 그렇게 중요한 것이다. 스포츠 경기, 단체 응원에 한 명이 빠지면 전체가 흐트러진다. 치아도 마찬가지다. 하나가 빠지면 몸 전체가 아플 수 있다. 나는 치통으로 이를 뽑은 후 돈이 없어 교정을 못 하다가 군대에서 겨우 보철했는데 하나 빠진 이 때문에 무려 15가지 병을 얻었다.

나 하나의 힘의 중요성은 세계 위인들의 성공담에서도 알 수 있다. 재계 거성들도 혼자, 작은 힘으로부터 시작해 지금의 위치에 올랐다. 세계 시장을 뒤흔드는 IT 기업 창업가들도 젊은 시절 자기 집 차고에서 시작했다.

미국 캘리포니아 남쪽의 어바인이라는 도시는 깨끗한 도시 만들기라는 명목하에 백인, 고수익 계층의 주민들만 받아들였다. 따라서 범죄율도 낮고 질서정연했으며 조용하고 살기 좋은 모범 도시가 되었다. 어바인 대학교도 일류 대학교로 성장했다. 그러나 시간이 지나자 문제점이 생겼다. 청소할 사람도 없고 허드렛일할 사람이 없었다. 수억대 연봉을 받는 사람들에게 거리 청소나 쓰레기 수거 같은 일을 시킬 수 없지 않은가. 매일 아침 이웃 도시에서 일꾼들을 수입했다. 비싼 값으로 저임금 노동을 시킬 수밖에 없었다.

못사는 사람도 있어야 도시가 돌아간다. 하버드 대학교 어느 교수의 칼럼에서 본 내용이다. 가난한 빈자들을 돕느라 정부에선 매년 적지 않은 세금을 쓴다. 몇몇 사람들은 이들 때문에 세금이 올라가서 불만을 품고 미워하기도 한다. 그러나 이들이 있어야 도시가 성립할 수 있다. 모두가 필요한 사람이다.

추운 겨울 아침에도 세면대에 찬물과 뜨거운 물이 원하는 대로 나오는 것이 나는 여전히 신기하고 고맙다. 누군가 밤을 새우며 따뜻한 물이 제대로 나오도록 일을 하고 있다는 소리다. 우리는 살아가는 것이 아니라 살려지고 있다.

친구

인구 감소, 초고령 사회는 이제 곧 우리에게 닥친다. 무엇을 준비해야 할까?

① 건강 ② 돈 ③ 친구·인간관계

고독만큼 무서운 병은 없다. 우리나라도 독거 가족이 700만 명을 넘어서고 있다. 따라서 고독사도 늘고 있다. 인간은 사회적 동물이다. 함께 사는 것이 자연스러운 일이다. 연락 없이 찾아가도 되고 남의 흉을 봐도 말이 샐 걱정 없는 친구가 적어도 셋은 있어야 한다.

자기를 매력적이고 섹시하게 가꿔야 한다. 인간의 3대 수명은 ① 평균 수명 ② 건강 수명 ③ 미용 수명이다. 이 세 가지는 30~40대부터 챙겨야 한다. 자신을 다시 만나고 싶은 사람, 만나면 설레는 사람으로 만들어야 한다. 좋은 인간관계는 은퇴 후에 더 절실하다. 은퇴 전에는 노력하지 않아도 공짜로 직장 동료라는 인간관계가 만들어진다. 그러나 은퇴 후엔 저절로 생기는 동료가 없다. 자기 노력으로 동료를 사귀어야 한다.

부모

내 나이가 들수록, 시간이 갈수록 더욱더 그리운 분들이다. 살아 계실 때 잘해드리자.

내 아버지는 50대 초반에 화병 때문에 술을 많이 드셔서 당뇨병으로 돌아가셨다. 어머니는 104세까지 사셨다. 아파도 휠체어에 타는 걸 거부하셨고 94세에 혼자 미국에 손자를 보러 가기도 하셨다. 미국에 가신다고 영어 공부도 열심히 하셨는지 나와 함께 미국 가는 비행기에 타실 땐 직접 승무원에게 "물 주세요[water please]." 영어로 부탁도 하셨다. 날 통해 전달하면 되는데도 "please 붙이면 더 빨리 준다더라." 하셨다. 형제 모두 미국에 있어서 한번 미국에 가시면 이 집 저 집 들르는 데 한 달 이상이 걸린다. 자식들 집을 다 들렀는데도 들렀던 집에 또 가시면서 이번이 마지막 방문이다, 하고 귀여운 거짓말을 하셨다. 당시 나는 아무리 돈이 없어도 어머니 왕복 비행기 삯은 꼭 마련했다.

어느 날 어머니께서 화장실에서 넘어져 골절로 수술하셨다. 약사인 딸이 근무하는 부산 가톨릭 병원에 입원하셨다. 수술 후 병원 뒤에 있는 정양소에서 지내셨는데 그새 친구를 사귀셨는지 병문안 오는 사람이 부쩍 늘었다. 그래서일까, 완치 후 집에 가자고 말씀드려도 여기가 아프다, 저기가 아프다 핑

계를 대며 퇴원을 미루셨다. 결국 거기서 폐렴에 걸려 돌아가셨다. 치매 증상도 없고 암도 없이 건강하셨지만, 이웃에 입원한 할머니가 폐렴으로 돌아가시자 어머니도 폐렴에 걸리셨다.

　　옛날 고향 마을에서 지낸 명절이 눈에 아직도 선하다. 우리 집이 큰집이라 온 동네 사람들이 제일 먼저 와서 함께 제사를 지냈다. 이렇게 순서대로 온 집을 돌아가며 제사를 지낸다. 새벽에 시작해 점심이 지나야 끝난다. 지금은 형제들이 모두 미국에 있어 미국에서 제사를 지낸다. 부모, 조상들 혼이 어떻게 미국에 찾아가겠나 걱정도 됐지만 형제들이 걱정하지 말라, 귀신같이 찾아온다고 안심을 시킨다. 묘는 한국에 있어서 시제는 내가 지내고 있다.

　　고향 마을도 공항에 편입되어 찾아갈 고향도 없어지고 나도 이젠 산에 올라갈 형편이 안 돼 10월 시제 때 지내는 칠곡 제실도 이젠 자식에게 물려줬다. 명절이 되면 타향살이의 설움이 몰려온다. 직계 가족 몇몇만 우리 집에 모여 세배를 받고 환담을 나눈다. 추석에는 가까운 한강에 달맞이를 간다. 거기서 음식도 나눠 먹고 오랜만에 일부나마 가족이 한자리에 모인다. 물려줄 것은 없어도 시제 행사를 물려주고 추석과 설에 한자리에 모이는 기쁨은 자식이 있어서 가능한 것이다. 그 기쁨은 참으로 크다.

부부

생전 낯선 사람끼리 부부 생활을 하려니 쉽지 않다. 작고 큰 갈등이 당연히 생긴다. 서로가 전혀 낯선 생활문화권이라 생활 감각이 다르다. 그리고 엄밀히 말하면 나 아닌 사람은 타인이다. 아내도 물론이다. 내 마음조차 완전히 알 수 없는데 다른 사람 마음은 오죽하랴. 남의 생각이나 가치관이 같을 수가 없다. 부부도 타인이고 같을 수가 없다는 사실을 명심해야 한다. 특히 결혼 초창기에는 다툼이 많을 수밖에 없다.

다행일까, 난 결혼 후에 혼자 지내는 시간이 많아 아내와 갈등이 크게 없었다. 미국 유학으로 혼자 지내고 귀국 후에는 출장 강의가 많아 집을 자주 비웠다. 게다가 해외 학회 연수와 힐리언스 선마을 운영으로 떨어져 생활한 시간이 길었다. 따라서 그럭저럭 큰 갈등 없이 잘 지냈다. 그러려니 하고 지내니 마음은 편했다.

부부는 다르다. 타인이니까.

고독

　우리 사회가 탈관계에 익숙해지고 있다. 옛날엔 대가족이 많아 한마을에 모든 형제가 같이 살곤 했다. 산업화하면서 고향 마을이 없어지고 도시로 이주해 모두가 낯선 사람뿐이다. 고독감도 커진다. 탈사회, 탈가족이 진전되고 고독이 병이 될 수도 있다. 이는 건강에 큰 문제가 될 수도 있다.

　인간은 사회적인 동물이다. 무리를 지어 사는 것이 자연스러운 본능적인 생활이다. 독거 가족이 700만이 되고 고독을 긍정적으로 받아들이는 과정도 필요해졌다. 고독력을 길러야 한다. 고독력이란 고독할 수 있는 힘이다. 위인들은 고독력이 강한 사람들이다. 예술 작품이 탄생하기까지 작가들의 고독력이 없다면 이룰 수 없다. 나는 다행히 사회정신의학을 전공하여 여러 방면에서 공부했다. 통합의학 등 계속해서 저술 활동을 이어갈 예정이다.

행복이란?

행복해지려면 자기에게 만족할 줄 알아야 한다. 단 어느 정도 객관적이고 합리적인 판단이 있어야 한다. 자신에게 불만이 있으면 세상 모든 것에 대해 불평, 불만이 생긴다. 이러면 행복할 수 없다.

어머니 장례식 때 화장을 치르고 걷잡을 수 없는 슬픔이 몰려와 화장터 뒤쪽 기둥 뒤에서 몰래 울었다. 눈물을 주체할 수 없었다. 그런데 일곱 살 막내손자가 다가오더니 내 허리를 감싸 안았다. 순간 난 무척이나 마음이 편해졌다. 손자 녀석이 그렇게 고마울 수 없었다. 어머니도 좋은 곳에 가셨을 거라는 생각에 마음도 안정을 찾았다. 미국에서 형제들이 오고 손자들도 커서 이 주책없는 할아버지를 위로한다는 것이 참 감명 깊다. 代를 이어가는 우리는 참 행복한 가정이라는 생각이 들었다.

행복은 순간이다. 별것도 아닌 참으로 하찮은 일에도 행복을 느낀다.

3부

박상미

심리상담가이자 문화심리학자. 현재 한양대
학교 일반대학원 협동과정 교수, 한국의미치
료학회 부회장 및 수련감독, 심리치료 교육
기관 '힐링캠퍼스 더공감' 학장이다.

지은 책으로 『마음 근육 튼튼한 내가 되
는 법』 『박상미의 가족상담소』 『내 삶의 의
미는 무엇인가(공저)』 『우울한 마음도 습관
입니다』 『관계에도 연습이 필요합니다』 등
이, 역서로 『빅터 프랭클』이 있다. 찍은 영화
로는 장편 디큐멘터리 〈마더 마이 마더〉, 〈내
인생, 책 한 권을 낳았네〉 외 여러 편이 있다.

90세, 정신과 의사 이시형 박사에게

심리상담학자 박상미 교수가 묻다

인생 수업 인터뷰

"90년 인생을 살아 보니"

인생을 소중하게 만드는
관계에 관해

박상미   박사님, 질문하는 삶도 좋지만, 좋은 질문을 해주는 사람이 곁에 있는 것도 중요한 거 같아요. 어떻게 생각하세요?

이시형   사람은 질문을 받음으로써 자신의 인생을 새로 생각해 보게 돼요. 안 그러면 하루가 특별한 의미 없이 그냥 흘러가 버리거든요. 그런데 질문을 하면 '내게 이런 일이 있었구나' 생각하는 시간을 갖게 되지요. 질문은 내 인생을 다시 한번 생각해 보는 시간을 만들어 주는 것 같아요.

박상미   그래서 박사님께서 강의하실 때 질문을 많이 유도하시는군요. 질문하라!

이시형   한국 사람들은 질문을 잘 안 해요. 인풋은 잘하는데 아웃풋이 약한 거지요. 평범한 하루를 지냈더라도 질문을 받고 다시 생각해 보면 그 평범함 속에 중요한 메시지가 담겨 있을 수도 있어요. 그런 의미에서 질문을 당한다는 것은 내 인생을 성장시키는 것이라고 생각합니다.

박상미   박사님이 기억하시는 '좋은 질문'이 궁금합니다. 언제, 누구에게서 받은 질문이 나에게 성장의 기회를 주었는지요?

이시형 중학교 1학년 제일 첫 시간은 황규승 선생님의 지리 수
업이었어요. 중학생이 돼서 의젓하게 앉아 있는데, 선
생님이 제게 물으셨어요.
"교육의 목적이 뭐야?"
중학교 1학년에게 교육의 목적을 물으면 뭐라고 대답
을 할 수 있겠어요? 뭐라고 답했는지도 기억이 안 나요.
엉터리로 했겠지요. 한참 후에 선생님이 말씀하셨어요.
"교육의 목적은 인간의 권위를 자각하는 데 있다."
일화로 일제 강점기에 일본으로 유학 간 학생들 이야기
를 들려주셨어요. 조선과 일본이 축구 시합을 하게 됐
는데, 당시에 평양 팀이 축구를 잘해서 평양 팀이 나가
면 이길 확률이 높았대요. 그런데 약세인 서울 팀이 나
가게 돼서 유학생들은 굉장히 걱정을 했대요. 그런데
0대0 상황에서 마지막 몇 초를 남겨놓고 서울 팀이 골
을 넣은 거예요. 경기장에는 일본 경찰이 있음에도 불
구하고, 학생들이 누구의 눈치도 보지 않고 태극기를
가슴에서 꺼내 마구 흔들고, 운동장에 뛰어가서 선수들
을 끌어안고 울고…… 난리가 난 거죠. 그럴 때 느끼는
감정이 '인간의 권위'라고 하셨어요. 그 선생님의 말씀
이 지금까지도 생생하게 기억이 나요. 식민지하에 있더

라도, 그 경기장에서 학생들과 선수들이 느꼈을 감정과 행동이 중학교 1학년 아이에게 '인간의 권위'가 무엇인지를 느끼게 해주었다는 게 놀랍지요. 좋은 질문이란 그런 것입니다.

박상미   좋은 질문은 평범함 속에서 의미를 발견하게 하고, 성장의 기회를 주는 것이라는 박사님 말씀을 잘 이해했어요. 조국에 대한 뜨거운 사랑을 느꼈을 때 눈치 보지 않고 행동하는 용기야말로 감정의 권위를 보여준 한 장면이네요. '교육의 목적이 무엇이냐?' 스승의 좋은 질문은 14세 소년이, 90세가 될 때까지 인생에 영향을 미치는군요. 76년간 그 질문을 잊지 않고 오늘 저에게 '인간의 권위'란 이런 것이다' 들려주시니, 저 또한 학생들에게 '좋은 질문'을 하는 선생이 되어야겠다는 책임감이 듭니다.

다음은 요즘 사람들의 고민에 대한 질문을 드리겠습니다. 어린이부터 노인까지, 모든 사람들은 '인간관계'에 대해 고민합니다. 피를 나눈 가족도 힘들고, 타인도 힘듭니다. 박사님, 90년을 살아 보니 '인간관계 때문에 너무 괴로워할 필요 없다'라는 생각이 드십니까? 아니면 '인간관계 때문에 평생 괴로워해야 되는 게 우리의 인생'이라고 생각하십니까? 인간관계에 대한 지혜를 주십시오.

이시형 인간관계는 꼭 필요한 거예요. 서양인들은 혼자서도 잘 지내고, 고독을 잘 견딥니다. 반면 우리나라는 전통적으로 대가족 제도였어요. 온 동네가 한 식구였어요. 제사도 같이 모여 지내고 그랬지요. 지금은 많이 변하긴 했지만 정서는 남아 있어요. 우리는 혼자 있기가 대단히 힘든 민족입니다.

같이 살기 위해서는 '인내'가 가장 중요해요. 참을 수 있어야 합니다. 남은 자기 자신과 같을 수가 없는 거예요. 부부도 결국 남이거든요. 완전히 다른 두 사람이 만나 같이 사는데 갈등이 없을 수가 없어요. '조화롭게 살 수 있는 재주'를 터득해야만 같이 살 수 있습니다.

인간관계를 잘하기 위해서는 '모든 인간은 타인이다'라는 생각을 해야 돼요. 이제 우리 사회는 점점 고독 사회로 변해가고 있지요. 그래서 최소한 세 명의 친구는 사귀어 놔야 합니다.

박상미 다름을 인정하고 존중하고 배려하는 것, 예외 없이 모든 관계에 적용하며 조화롭게 살도록 애쓰겠습니다. 박사님의 90 평생에 '세 명의 친구'는 누구입니까?

이시형 중학교부터 대학까지 같이 다닌 놈들이에요. 그들이 나를 가르쳤지요. 나는 공부를 안 했지만 친구들은 잘했거든요. 제가 고1 때 한국전이 시작되었고 그때 열세 식구의 가장이었습니다. 나라는 어렵고 피란민들은 넘쳐나고 대포 소리를 들으며 공부하던 시절이었어요. 그런 상황에서 가장 노릇을 제대로 하려면 다른 것을 생각하는 게 사치였습니다. 그때 대구에 혈액원이 두 군데밖에 없었는데, 피를 팔아서 생활을 하기도 했어요. 미군 부대에 하우스보이로 들어가서 한밤중까지 일을 했어요. 학교는 제대로 다닐 수가 없었지요. 그때는 통행금지가 있었어요. 통행금지 몇 분 전에 친구놈들이 공부하고 있는 곳에 헐떡거리면서 들어가요. 그때부터 그놈들이 나를 가르쳤어요. 의과 대학도 그 애들이 원서 내면서 내 원서도 내줘서 들어간 거였어요.

박상미   소년 이시형에게는 친구들이 스승이자 은인이었네요. 박사님, 세 친구 중에 두 친구가 돌아가셨지요. 박사님 인생의 소중한 사람들이 박사님 곁을 자꾸 떠나는, 인생의 9교시가 되었는데요, 내 주변에 가까운 사람들이 한 명 두 명 떠날 때 마음이 어떠세요? 친구가 먼저 떠났다는 소식을 받은 그날은, 하루를 어떻게 견디셨어요?

이시형   소중한 사람이 떠날 때는 정말 한쪽 팔이 끊겨 나간 듯한 아픔이 오죠. 병을 오래 앓던 친구가 먼저 떠났어요. 일흔여덟이었나……. 병원에 오래 입원해 있었기에 조금씩 애도를 준비할 수 있었어요. 그런데 막상 죽었다는 소식을 들으니까……. 밤 기차를 타고 내려가며 기차 안에서 조사를 썼는데, 눈물을 주체할 수 없었어요.

박상미 마음의 준비를 오래 한다고 슬픔이 줄어드는 건 아니군요.

이시형 두 번째 놈은 떠난 지 한 5년 됐어요. 건강하더니 자다가 죽었어요. 첫 번째 녀석 때는 마음의 준비라도 했지만, 두 번째 녀석은 너무 갑작스럽게 가버려서 준비할 시간도 없었고, 나도 그때 국제회의가 있어서 바로 내려가 보지도 못했어요. 그래서 아직도 실감이 안나요. 셋째 놈은 지금도 건강해요. 정신요양원 원장입니다.

박상미 학교 친구는 경쟁의 대상이 되기 십상인데……. 함께 잘되고 같이 성장하는 게 진정한 친구라는 걸 배웠습니다. 그런 친구들을 잃었을 때, 팔이 떨어져나가는 슬픔을 느꼈다는 말씀, 감히 조금은 이해할 수 있을 것 같습니다. 진정한 우정이란 무엇인지 배웠습니다.

욕심 없는 삶을 살아라

박상미 박사님, 장수의 비결이 뭐라고 생각하세요? 박사님이 체험한 장수의 비결을 알려주세요.

이시형   욕심이 없어야 합니다. 친구 중에도 욕심 많은 녀석은 오래 못 살더군요. 지금까지 살아 있는 친구들의 공통점은 마음이 평화롭고 욕심 없이 산다는 거예요.

모교인 경북고등학교에서 '경신회'라는 걸 만들었는데, 각 기수마다 괜찮은 졸업생을 뽑아서 모임을 했어요. 그중에는 무역회사 사장도 있고 국회의원도 있고 장관을 지낸 사람도 있어요. 다 한 자리 한 사람들이지요. 다른 기수는 10~15명인데 우리는 25명이나 되어서 제일 시끄러웠어요. 가끔 모여 점심을 먹는데, 이제 차츰차츰 인원이 줄어요. 죽었다는 소식이 자주 들려오고, 어느 날 연락이 끊겨 죽었는지 살았는지 알 수 없는 친구도 있고요. 지금까지 건강하게 잘 지내는 친구들은 대체로 욕심이 없는 사람들입니다.

박상미   욕심이 없으니까 마음 괴로울 일이 없고, 마음이 편하니까 몸도 편안한 것이군요. 마음이 건강해야 몸도 건강하므로 그것이 건강한 장수의 비결이 되겠네요.

박사님 친구들 이야기를 쭉 들어보니, '배울 게 많은 친구'를 가까이 해야겠습니다. 아낌없이 나누는 사람, 함께 잘되려고 애쓰는 사람, 욕심 없이 평화롭게 사는 사람. 저부터 그런 친구가 되도록 노력하며 살겠습니다.

욕심과
욕구

박상미   박사님, "배고플 때, 배부를 때 배가 아픈 고통은 비슷
하다."라는 박사님의 한 문장이 제게 큰 깨달음을 주었
습니다. 젊은 사람들은 배고플 때의 고통만 고통이라고
생각하고, 배부를 때의 고통에 대해서는 쉽게 생각하곤
합니다. '배고픈 고통'은 사람을 성장시키는 동력이 될
수 있지만 '배부른 고통'은 위험에 처할 수 있다는 경고
일 수 있겠다는 생각이 들었습니다. 인생의 큰 사고는
배가 부를 때 일어나는 것이 아닐까요?

이시형   배가 고플 때는 배를 채워야 한다는 일념이 있어요. 모
든 주의 집중을 '배를 채워야 되겠다'는 목표에 두니까
다른 잡념이 떠오를 수가 없지요. 배고픈 사람에게는
배부르게 먹고 싶다는 생각밖에 없기 때문이지요. 반면
배가 부르면 여러 가지 다른 생각이 떠오릅니다. 여자
생각도 나고, 명예 생각도 나고, 욕심 생각도 나고요.

박상미   배를 채우고 나면 만족하고 감사하고 나눌 생각을 해야
하는데, 배부르면 더 큰 욕심이 생겨나는 걸까요?

이시형   배고플 때 '먹어야 되겠다'라는 생각을 하는 것은 인간

의 정상적인 욕구예요. 그것도 없으면 사람이 죽지요. 이것은 본능입니다. 문제가 되는 것은 '욕심'이에요. 욕심은 배가 충분히 부른데도 불구하고 더 좋은, 더 맛있는 걸 먹어야겠다 하는 것입니다.

욕구는 인간의 본능이므로 나무랄 게 없는데, 욕심은 사욕이 발동하는 것이에요. 개인적인 욕심은 사람을 건강하지 못하게 만듭니다.

박상미 박사님은 수십 년 동안 정치계에서 러브콜을 받으셨지요? 매번 거절하셨다고 들었습니다. 평생 정치를 안 하신 이유가 궁금합니다.

이시형 아마 삼촌의 영향 때문일 겁니다. 우리 삼촌이 독립운동을 하면서 집안이 망했거든요. 집 살림을 다 팔고, 밭을 팔아서 사상운동에 가져다 바치고…….

박상미 후회는 없으세요?

이시형 없어요. 만약 내가 정치를 했다면 오늘 같은 애국을 할 수 없었을 겁니다. 내 마음 속에도 뜨거움이 있지요. 평생 한 길만 걷는 데 그 힘을 썼어요.

박상미 '국민 의사'라는 칭호가 박사님이 한 길만 걸어오신 애국자라는 증명이지요. 제가 보기에 박사님은 다 이루셨어요. '성공했다'고 불리는 인생도 잘 살펴보면 하나쯤은 못 가진 게 있기 마련인데, 박사님은 많은 걸 가지셨고 이루셨어요. 박사님 인생에 실패가 있을까요?

이시형 저는 실패라는 말을 안 좋아합니다. 모든 건 인생의 한 과정이니까 파도처럼 오르락내리락하는 거지요. 실패가 왜 없었겠어요. 인생의 과정이니니까 잘 견디며 지나왔을 뿐.

말이 아닌
행동으로 가르쳐라

박상미 제가 가까이서 지켜본 박사님은 남의 흉을 보는 일이 없었어요. 남을 흉보지 않고 단점에 대해서 떠들지 않는 게 생각보다 힘든 일인데, 박사님은 장점을 말하는 데는 후하시고 타인의 흉이 보이면 눈을 감으시더라고요.

이시형 과찬입니다만…… 그렇게 보였다면, 우리 어머님의 교육 덕분일 겁니다. 어머님은 6대 종부인데, 한 번도 남의 흉을 보지 않았어요. 고모가 네 분이 계셨는데, 고모들은 오시면 남편 흉, 시아버지 흉을 보고 그랬습니다. 그러나 우리 어머님은 험담에 절대 끼지 않고 그냥 앉아서 듣다가 조용히 자리에서 일어나 일을 하셨어요.

내 기어 속에 어머니는 남의 흉을 보지 않는 분, 입이 무거운 분입니다. 자라는 내내 어머니를 존경한 이유입니다.

박상미　부모는 말로 가르치는 사람이 아니라 행동으로 가르치는 사람이군요. 부모가 말로 가르친 건 금방 잊혀져도 행동으로 가르친 건 90 평생에 잊히지 않고 인생이 된다는 걸 깨달았습니다. 타인의 단점을 흉보지 않고 장점을 발견하는 데 후한 삶을 살도록 노력겠습니다.

"선생님, 저는 이제
미치지도 않습니까?"

박상미　국민의 정신건강을 돌보는 의사로 64년을 살아오셨습니다. 셀 수 없이 많은 환자를 만나셨지요. 그중 기억에 남는 환자 이야기를 들려주세요.

이시형　앞에서도 썼는데요. 아주 착한 달동네 이발사가 있었어요. 그분의 동생들은 만날 싸움을 하고 다녔는데, 달동네 이발사니까 합의금으로 쓸 돈도 없었지요. 동생들이 사고를 치면 그분이 빌고 사정하며 뒤처리 하느라 애를 먹었지요. 그분이 어느 날 갑자기 자신이 백만장자가 되었다며 찾아왔어요. 주변 사람들에게 자동차를 선물로 주겠다며 횡설수설했지요.

조증의 증상이어서 치료를 했어요. 증상이 나아지니까 이번엔 우울 증상이 나타나 입원 치료를 했어요. 그리고 퇴원한 다음 날 외래로 약을 타러 왔어요. 그날 그 사람이 한 말이 평생 안 잊혀요.

"선생님, 저는 왜 이제 미치지도 않습니까?"

얼마나 답답하면 그런 말이 나왔을까요. 차라리 미치는 게 편한 거예요. 현실이 너무 아프잖아요. 그래서 차라리 미치고 싶었던 거지요. 그 일이 있고 며칠 후, 동장이 그 사람 사망 진단서를 끊으러 왔더라고요. 현실이 얼마나 아팠으면…… 다른 세계로 달아났을까요.

정신과 의사라는 것은 '미친 세계'에 빠진 사람을 다시 돌아오게 해서 제정신을 차리도록 만드는 일을 하는 것입니다. 그런데 그 일을 겪은 후, 차라리 미치게 놔두는 것도 괜찮겠다는 생각을 하게 되기도 했어요.

그래도 우리는 그 아픔을 받아들여야 해요. 가끔 그런 환자를 만나요. 과연 이 환자를 다시 아픈 현실로 돌아가게 하는 것이 옳은 것인지 생각하게 하는. 산다는 건 참으로 아픈 것이기도 합니다.

실패라는 말은
90세가 되거든 할 것

박상미   박사님, 저희 상담 센터에 오는 내담자 중에 열일곱 살 남학생이 있습니다. 그동안 자살 시도를 많이 했던 이 친구는 다행히 매번 구조되었어요.

그런데 두 달 전에는 '죽음에 성공'하기 위해 옥상에서 떨어졌어요. 그 아이의 표현이에요. 온몸에 뼈가 다 부러졌지만 목숨을 건졌어요. 휠체어를 타고 매주 상담을 받으러 오는데, 그 아이가 이런 말을 했어요. 병원에서 눈을 떴을 때 너무나 절망했다고, '또 살아버렸구나. 내가 또 살아버렸구나! 또 살아버린 내가 너무 미워서 펑펑 울었어요. 나는 죽는 데도 매번 실패하는구나······.' 박사님, 그 아이에게 어떤 말을 해주면 좋을까요?

이시형   인생은 길고, 살아보면 내리막이 반드시 있다. 앞으로도 너의 삶에는 이보다 더 힘든 날도 있을 것이다. 누구나 다 인생에 오르막, 내리막이 있기에 지금의 아픔을 그저 그 과정 중 하나라고 생각을 해야 한다는 말을 전해주세요.

인생이라는 게 반드시 행복을 향해서만 달리는 게 아니

거든요. 내리막이 반드시 있고 괴로움도 한 과정이라는 생각을 해야 합니다. 젊은이들도 '실패한 인생'이라는 말을 잘 쓰던데, 실패라는 말은 90세 정도 되거든 그때 하세요. 그전에 겪는 일들은 인생의 한 과정입니다. 실패라는 말은 하기엔 너무나 이르지요.

박상미   인생의 성공과 실패는 90세쯤은 되어야 진단할 수 있는 거군요. 그렇다면 90세까지 살아봐야겠어요. 삶에 대한 희망만 가르칠 게 아니라, 고통과 슬픔, 기쁨과 행복 모든 것이 삶의 한 과정이니 파도타기 하듯 힘 빼고 살아가자고 말해줘야겠어요.

'내 자식이 왜 이렇게 힘들어하고, 죽고 싶어 하는지 도저히 모르겠다'는 부모들이 많습니다. 한 말씀 해주십시오.

이시형   죽음까지 생각하는 아이들은 인생을 굉장히 진지하게 생각하는 아이들이에요. 철학가나 문학가 같은 사람들은 죽음에 대해 깊이 생각해 본 사람들이지요. 이 아이에게도 정말 천재적인 무엇이 있을 수가 있는 겁니다.

이 아이는 죽음까지도 생각할 수 있을 정도로 인생을 진지하게, 심각하게 깊이 생각하는 거예요. 그런 의미에서는 이 아이가 참 존경스럽기도 하지요.

이런 관점에서 아이를 바라보면 내 아이의 고통이 다르

게 보일 기예요.

박상미 내 자녀의 고통을 존중하면서 바라보는 부모는, 자녀를 아픔의 과정을 잘 견디고 더 성숙한 사람으로 키워낼 수 있을 것 같습니다.

'내가 어쩌다 저런 걸 낳아서! 다른 애들은 다 잘 크는데 내 새끼는 왜 이 모양이야?'가 아니라 '더 철학적이고 더 많은 고민을 하는 이 아이 속에 천재성이 숨어 있을 수도 있다'라고 생각을 바꾸어 보아야겠네요.

이시형 그렇습니다. 우리가 아는, 세계적으로 이름난 사람치고 정말 심각한 죽음을 생각 안 해본 사람은 거의 없습니다.

박상미 박사님도 죽음에 대해서 고민해 보신 적이 있나요?

이시형 나는 그렇게 인생을 깊이 살고 있지는 않아요. 그렇게 진지하지가 않지요. 대충 그렇게 사는 거예요.

박상미 박사님은 고민을 깊이 있게 하되 절망까지 내려가지 않고 단순하게, 긍정적으로 생각하는 능력이 있으세요. 이런 성격이 박사님의 장수 비결이라고 생각해요.

박사님의 관심은 오로지 이것이에요. '모두가 함께 건강하게 잘 살려면 내가 무엇을 해야 할까?' 이런 건강한 고민이 개인의 욕심을 자제할 수 있게 하는 힘이 아닐까요. 개인의 성공에 집착하지 않고, 둥글게 둥글게 서로 잘 살고자 하는 마음 덕분에 오늘까지 건강하게 잘 사시는 것 같아요.

진정한
'겁'의 의미

박상미 이번 주제는 '후회'입니다. 인생 90년 살아 보니 이건 정말 후회된다 하는 것이 있으신가요?

이시형 아주 진지한 사랑을 못 해본 게 후회가 됩니다. 사랑 때문에 힘들어서 죽고 싶다는 생각도 들 정도로 진지한 사랑을 해봐야 하는데 그런 사랑을 못 해본 것 같아요.

박상미 제일 못난 사람인 것 같은 괴로움. 다시는 느껴보고 싶지 않은 고통. 하지만 그것도 아무나 할 수 없는 귀한 경험인 거네요.

이시형 그럼요. 귀한 경험이에요. 이태리에서 겪은 에피소드가 떠오르네요. 당시 파더 조라는 신부님이 계셨는데, 그분이 이태리에서 학회가 끝나면 컨벤션으로 오라며 운전수를 보내겠다고 했어요. 그래서 학회가 끝나는 날 운전수를 기다리고 있는데, 누군가가 빨간 포르쉐 스포츠카를 운전하고 오는 거예요. 세상에 그렇게 예쁜 여자는 처음 봤어요. 파더 조가 보낸 사람이었지요.

그때가 봄이었는데, 길 옆에 내 키만 한 꽃나무가 양쪽으로 끝도 없이 이어졌어요. 이태리 그 긴 반도를 완전히 종단을 하는 길이었던 것 같아요. 그 길을 가다가 내가 운전 한번 해봐도 되냐니까 그러라고 해서 운전대를 잡았지요. 액셀러레이터를 밟는데도 속도감이 없어요. 이렇게 예쁜 여자를 태우고 세계 최고의 포르쉐 스포츠카를 몰고 가면서 '이대로 죽어도 좋겠다' 하는 느낌이 들더라고요. 그게 사랑이라는 기분일까요?

박상미 '사랑의 느낌'만 느껴보신 게 아쉽지만, 아름다운 추억이어서 다행입니다. 박사님은 키도 크고, 미남이고, 엘리트의 삶을 살아오셨기에 평생 많은 유혹이 있었을 것 같아요. 그런데 90 평생 스캔들 한 번 안 났어요. 금지된 사랑에 마음이 흔들렸을 때도 있었을 텐데요. 마음이 흔들릴 때마다 어떻게 내 마음 관리를 하셨나요?

이시형 겁이 많아서 그래요. 스캔들이 생기고 병원에서 문제가 생기고 언론에 거론되는 걸 겁쟁이가 어떻게 견디겠어요. 그래서 못하는 거예요. 겁이 많아서.

박상미 우리는 남자가 겁이 많다고 하면 '남자가 겁이 많아 어떡하냐'고들 하는데, 겁이 많은 것도 인생을 사고 없이 살아내는 데 유용한 것이네요. 과한 욕심은 인생에 독이 되니까요. 겁이 많은 것도 과한 욕심을 제어하는 성품이라는 걸 알게 되었습니다. '지나치지 않게 적당히'가 중요하겠네요.

우리는 '겁 없이 살아라'라는 말을 너무나도 많이 하는데, 그건 겁의 진정한 의미를 모르는 말인 것 같습니다. 타인을 해치지 않고 나 스스로에게 부끄럽지 않은 것이 '겁 많다'의 진정한 의미라는 걸, 제가 오늘 또 하나 배웠습니다.

남은 삶을
잘 살아가기 위해

박상미   박사님, 90세부터 100세까지의 인생은 어떻게 살아가고 싶으신가요?

이시형   남에게 의존하지 않는 생활을 할 수 있도록 노력하려합니다. 남에게 의존하지 않는, 독립적이고 자주적인 생활을 해야겠어요. 그러려면 돈도 있어야 하고, 가족도 있어야 하지요. 그때까지 함께 살아갈 수 있는 친구가 몇이나 되는지도 중요합니다. 마지막은 내가 평생 꿈꿔 온 '통합 의료원 원장'이 되는 것입니다.

박상미   90세부터 100세까지의 화두는 타인에게 의존하지 않고 건강하게 살아가는 삶이라고 하셨지요.

그러기 위한 조건으로 전작 『신인류가 몰려온다』에서 네 가지를 말씀하셨어요. 최소한의 돈은 있어야 한다. 그리고 함께할 가족이 있어야 한다. 나이 불문하고 좋은 친구가 있어야 한다. 일도 해야 한다. 이때 '일'이란 사회에 공헌할 수 있는, 더불어 함께 잘 사는 일이어야 한다. 오늘 들려주신 모든 이야기가 이 네 가지를 쉽고 명쾌하게 풀어주셨어요.

오늘 제가 드린 모든 질문을 한 문장으로 요약하면 '힘들고 막막한 인생, 어떻게 살아야 합니까'입니다. 덕분에 답을 얻었습니다. 마음이 따뜻해지고 가벼워졌어요. 덕분에 '나의 인생 90세'가 기대됩니다. 고맙습니다.

쓰고 보니 마치 내 자서전같이 되었지만 이건 내 자서전이
아니다. 난 자서전은 쓰지 않기로 한 아픈 경험이 있다. 어느 잡
지사에서 나의 사는 이야기에 대해 인터뷰를 한 적이 있다. 하다
보니 길어져서 사진 기자까지 몇 사람이 며칠간 인터뷰를 마쳤
다. 그렇게 한 권의 책이 되었다. 가본을 받아보고 난 아주 실색
했다. 무엇보다 너무 과장이 많았다. 거짓말은 아닌데 지나치게
부풀려진 것이다. 나도 밝은 면, 어두운 면이 있을 텐데 이게 뭔
가, 온통 내 자랑 일색이다. 얼굴이 화끈거렸다. 이건 안 되겠다,
잡지사에 내 소감을 이야기하고 정중히 사과했다. 내 인격이 좀

디 갖춰질 때끼지 자서전은 안 쓰거나 연기해야겠다고 말했다. 잡지사에서도 그간의 노고에도 불구하고 내 의견을 존중해서 없는 일로 하자는 데 동의했다. 고맙다. 그리고 죄송스럽다는 이야길 다시 하고 싶다.

내가 이 책이 자서전은 아니라는 이야기를 한 것도 그래서다. 그러나 과장된 자서전 형식은 피했지만, 인생 이야기니 어쩔 수 없이 내 경험담일 수밖에 없다. 나를 잘 아는 친구들이 들으면 웃기는 부분도 있을 것이다. 무척 조심스럽게 쓰긴 했지만, 쓰는 과정에도 내 비서를 비롯해 가까운 사람들에게 자주 묻고 의견을 들어 객관성을 유지하려고 노력했다는 점을 이해해 주기 바란다.

다음 또 언제 내 인생 이야기를 할 기회가 있을는지 모르겠다. 더 솔직해질 수 있으려나? 이 책을 쓰면서 각 시대의 이야기를 꺼내보니 다른 어느 때보다 인생에 대한 공부가 된 것 같다. 나로선 행운이요, 축복이다. 독자분께도 자기를 돌아보는 계기가 되었으면 좋겠다. 내 이야기가 반면교사의 거울처럼 비친다면 그 역시 이 책을 읽은 보람일 수 있다.

원고를 건네고 이렇게 출간되기까지 거의 1년을 넘긴 것도 처음이다. 그만큼 출판사에서도 편집에서 내용까지 신경을 많이 써준 것이다. 출판을 맡아주신 특별한서재 사태희 대표, 그리고 자기 책보다 더 소중히 함께 걱정해 준 박상미 교수, 자료 수

집에서 초고 정리까지 온갖 궂은일을 다 맡아 해준 우리 연구원 신동윤 군에게도 감사드린다.

이시형의 인생 수업

ⓒ이시형, 2024

초판 1쇄 인쇄일 | 2024년 4월 22일
초판 1쇄 발행일 | 2024년 5월 8일

지은이 | 이시형
거든이 | 박상미
펴낸이 | 사태희
편   집 | 최민혜
디자인 | 홍성권
마케팅 | 장민영
제   작 | 이승욱 이대성

펴낸곳 | (주)특별한서재
출판등록 | 제2018-000085호
주 소 | 08505 서울특별시 금천구 가산디지털2로 101 한라원앤원타워 B동 1503호
전 화 | 02-3273-7878
팩 스 | 0505-832-0042
e-mail | specialbooks@naver.com
ISBN | 979-11-6703-118-1 (03810)